DODO · See you in Paris

AF288988

Das Buch

Die Autorin beschreibt die Geschichte – ihre Geschichte – einer Frau aus der Nachkriegsgeneration, angefangen von einer glücklichen Kindheit und Jugend über erste Erfahrungen mit dem anderen Geschlecht und den Schwierigkeiten, sich für den Richtigen zu entscheiden, bis zu der harten Realität einer unglücklichen Ehe, Scheidung und darauf folgendem Geliebtendasein. Vom naiven Mädchen, das sich vor allem über sein Verhältnis zu den Männern definiert, entwickelt sie sich nach schmerzlichen Erfahrungen zur selbstständigen Persönlichkeit, die fähig ist ihr Leben selbst in die Hand zu nehmen und für ihr Glück zu kämpfen.

DODO

See you in Paris

September 2001
© 2001 DODO
Satz und Layout: Buch & medi@ GmbH, München
Umschlaggestaltung: spectrum Design, 78606 Seitingen-Oberflacht
Herstellung: Books on Demand GmbH, Norderstedt
Printed in Germany · ISBN 3-8311-2445-0

Kapitel I

Mai 1996

In der Verzweiflungsmeditation hörte ich in mir eine Stimme, die sprach: »Nur noch eine Nacht!« Da war auf einmal ein Gefühl in mir, nein, sterben will ich doch noch gar nicht, eigentlich will ich doch nur endlich einmal wieder rundum glücklich sein. Mit gemischten Gefühlen ging ich nachts zu Bett, mit der Stärke, alles so zu akzeptieren, wie es kommen wird.

Am anderen Morgen wachte ich zufrieden und ausgeschlafen auf und stellte fest, dass es in dieser Nacht mit sterben nichts war. Aber es war ja noch ein ganzer Tag abzuwarten. Ich schaltete das Radio an. Oldie-Sender. Hörte Soft-Songs, im Gegensatz zu früher, als ich mir stundenlang full power »I want to get free« reinzog. Auch den Tag bis Mitternacht überstand ich ohne diese Welt verlassen zu müssen, und auf einmal war die Idee da: Schreib dir alles von der Seele – et voilà, hier ist die Story einer aus der 68er-Generation, die sehr gerne die große Intellektuelle, die Femme fatale, einfach anders als alle anderen gewesen wäre.

Seit drei Tagen bin ich von einem Kurztrip Paris – London zurück und sinniere nun darüber nach, wie ich aus meiner Enge, die ich nach dem Schnuppern der großen weiten Welt als Gefängnis empfinde, herauskomme. Die Enge, das bedeutet eingesperrt sein in die Pflicht, keine Möglichkeit zu sehen, dem Alltag zu entrinnen. Mein Arbeitsplatz liegt 25 Kilometer entfernt. Es ist ein sicherer Job beim Staat. Jeder Tag das Gleiche, keine Highlights, aber zumindest abgesichert bis zum Lebensende.

Ja, was will ich nun klagen?

Meine Partnerschaft – ist es überhaupt eine? – nimmt mir auch die Luft weg. Ich will raus!

Aber wohin? Möchte endlich mein Leben erleben und nicht mehr nur jeden Tag die Stunden abhobeln, damit eventuell am Abend mehr Lebensfreude aufkommt. Die kommt aber nicht auf, da ich pflichtbewusst mit meinen beiden Hunden spazieren gehe, den beiden Süßen namens Ritze und Ratze das Fleisch mit Reis zubereite – es versteht sich, dass das Fleisch frisch abgekocht sein muss, da die beiden Verwöhnten es sonst nicht als Nahrung akzeptieren.

Anschließend bereite ich mir noch eine Kleinigkeit zum Essen zu und dann wäre ich fertig zum großen Spektakel, welches den ganzen langweiligen Tag nun auslöschen müsste. Dem ist aber nicht so, da mein Partner – ist er es? – unter der Woche 130 Kilometer entfernt von mir beruflich an eine andere Stadt gebunden ist. Also sitze ich pflichtbewusst im Haus, tue mal ein bisschen hier was, mal dort was und warte, bis Monsieur anruft und mir die ganzen Probleme der Unternehmung – als Geschäftsführer hat man die sicher, sie interessieren mich aber inzwischen einen Scheiß – reinwürgt. Ich gebe seelische und moralische Unterstützung und beende das Telefongespräch mit einem hingehauchten »Hoffentlich ist bald Wochenende, ich liebe dich« – ist es auch noch so? – und begebe mich unausgefüllt und frustriert ins Bett. Ich gebe mir und all meinen Lieben Licht durch Reiki und meditiere noch ein wenig vor mich hin, bis ich einschlafe.

Punkt 5.55 Uhr klingelt der Wecker, ich stehe auf, lasse die Hunde in den Garten, erneuere alle drei Hundeschüsseln mit frischem Wasser, stelle die Kaffeemaschine an, dusche, frühstücke, lese die Zeitung, ziehe mich an, schminke mich, lege noch Frolic, HAP und Kauknochen hin, verschließe die Gartentüre, gebe beiden Hundis Bussi und ab geht's ins Büro. Dort herrscht tagtäglich der gleiche Trott und auch dort keine Sensationen.

Das ganze Ritual wiederholt sich von Montag bis Freitag in ziemlich minutiös gleich verlaufendem Ablauf. Sich abends groß was vornehmen ist nicht drin, da erstens hier in der Landgegend nichts los ist und zweitens noch Seelsorge per Telefon an Matthias gegeben werden muss. Freitags endlich kommt dann Chéri – wann, ist natürlich auch nicht sicher, Geschäftsführer sind immer im Stress. Per Autotelefon erhalte ich das Timing, um Essensvorbereitungen zu treffen. Zum Beispiel: »Es ist jetzt 16.30 Uhr, bin also gegen ca. 18 Uhr zu Hause, vielleicht könnten wir noch mit den Hunden spazieren gehen, dann könnten wir so gegen 19 Uhr Abendessen einnehmen, damit es zum Fernsehbeginn um 20.15 Uhr reicht.« Alternativangebot: »Komme gegen 18 Uhr, wir gehen spazieren und anschließend zum Essen ins Lokal, trinken noch zwei Bier und sind dann noch rechtzeitig zum Spätfilm zu Hause!«

Früher, zu Beginn unserer großen Leidenschaft, war es obligatorisch, am Freitagabend einen Trinken zu gehen und alle unsere Erlebnisse der vergangenen Woche aufzuarbeiten. Es wurde ein Bier nach dem anderen gekippt, dabei wurden Pläne geschmiedet, wie unser Lebensweg weitergehen solle.

Für ihn war die Karriere wichtig. Er wollte es zu Großem bringen, viel Geld verdienen und Macht besitzen.

Meine Pläne waren anderer Art.

Ich wollte das große Haus meiner Eltern verkaufen. Ein kleines, schönes weißes Haus wollte ich haben für meine Kinder, meine Mutter, ihn und mich.

Zusammen mit ihm und meiner Familie wollte ich in einer schönen kleinen Burg wohnen, abgeschirmt von allem Bösen.

Jeder Freitag war für mich das millimeterweite Näherkommen an meine Illusionen.

Den ganzen Abend auf Wolke sieben zu schweben, war mit seiner Anwesenheit, seinem Charme, dem seinem Sternzeichen »Zwilling« eigenen Ideen- und Wortreichtum und seiner mich nur an eines denken lassenden erotischen Ausstrahlung ohne Probleme erreichbar. Diese Abende gaben mir die Sicherheit, dass diese Illusionen in Bälde eintreffen würden. Unser anschließend zu Hause abgeschossenes sexuelles Feuerwerk gab uns die vollendete geistige und körperliche Zufriedenheit, das gewisse Sattsein, weil man das hat, wonach man sich sehnt.

Heute wird Samstag früh, da ja keine Freitagabendorgien mehr stattfinden, von mir Frühstück zubereitet, immer mit ganz großem Aufwand, wie überhaupt jede Mahlzeit – man gibt ja immer sein Bestes –, während Monsieur sich im Bad mit Duschen und Haare waschen verweilt. Anschließend wird abgestimmt: Gehen wir vor oder nach dem Spazieren gehen miteinander ins Bett? Am Abend wird dann von mir Abendessen zubereitet und anschließend kommt Gottschalk oder ein Spielfilm mit viel Thrill.

Früher habe ich immer gerne Filme über Beziehungsprobleme angesehen, da ich nach meiner Scheidung eigentlich alle Scheiße in Bezug auf Partnerproblematik vermeiden wollte. Inzwischen nehme ich eigentlich jeden Film vorlieb. Monsieur entscheidet. Ich kann auch alle Filme ansehen, sie sind für mich immer neu, da ich spätestens nach dreißig Minuten am Fernseher einschlafe.

Halt, vor Beginn des Fernsehens muss pflichtgemäß der Pfefferminztee mit Eis, Kuchen etc. auf dem Tisch bereit stehen. Das mache ich so, damit ich während des Films nicht aufstehen muss. Also, wie gesagt, nach dreißig Minuten schlafe ich ein. Gegen 23 Uhr wache ich wieder auf, begebe mich zu Bett. Monsieur sagt: »Komme gleich!« Tut es, oder tut es auch nicht!

Sonntagmorgen gegen 10 Uhr ertönt das große Geschmatze der Hunde Ritze und Ratze (Mischung zwischen Yorkshire und Dackel), beide müssen Pinki. Ich stehe auf, Haustüre auf, raus mit den beiden in den Garten. Ich nochmals ins Bett in der Hoffnung, dass sich noch was tut. Meistens tut sich aber nichts mehr. Dann muss ich das Frühstück zubereiten wie am Tag zuvor. Monsieur erledigt parallel dazu das Bad-Ritual. Nach dem Frühstück führe ich ein Telefongespräch nach Paris mit meiner Tochter Alexandra. Anschließend geht Monsieur – Verabschiedung mit Küsschen und »Ich liebe dich, ich dich auch« – zu seinem Sohn, dem er den Sonntagsvater präsentiert.

Ich räume das Frühstücksgeschirr ab, fülle die Spülmaschine, erledige einiges im Haushalt, gehe mit den Hunden spazieren usw. (siehe vorher erwähntes Ritual).

Gegen 21 Uhr kommt Monsieur zurück. Pfefferminztee ist bereits serviert. Er zieht sich seinen Pyjama an, holt das Fernsehprogramm und überfliegt es. Gott sei Dank, noch ein Spielfilm gegen 21.30 Uhr.

Ich gehe demonstrativ zu Bett und lese. Krach bahnt sich an und das Wochenende ist gelaufen. Ich versuche schnell einzuschlafen, damit ich morgen ausgeruht an meinen Arbeitsplatz komme.

Das nächste Wochenende kommt ja auch wieder.

Ich fühle mich in höchstem Maße vernachlässigt!

Wie kann eine so leidenschaftlich begonnene und ausgelebte Liebe im Alltagstrott versanden?

Was ist zu tun, um diese Liebe zu retten und wieder an ihren Ausgangspunkt zu bringen?

Oder sollte dies das Ende sein?

Mangel an Dialogen war unser Hauptproblem, das war mir klar. Seine ständigen Monologe zu unterbrechen um auf meine Probleme, was mir fehlt, was mir wehtut, aufmerksam zu machen, getraute ich mich nicht, aus Angst, ihn zu verlieren.

Wie komme ich aus dieser Tretmühle raus?

Kapitel II

Angefangen hat alles 1945 im April.

Meine Geburt fand im Haus meiner Großeltern statt. Die Hebamme musste von meinem Großvater Eugen in der Dunkelheit geholt werden, da ja der Krieg noch nicht zu Ende war und die Gefahr eines erneuten Bombenangriffes die Bevölkerung von Fellbach sehr ängstigte.

Die Hebamme und Großvater kamen rechtzeitig zum Abnabeln, nachdem meiner Mutter vorher der Damm gerissen war.

Die Hebamme konstatierte dann, dass dieses Kind sehr kräftige Lungen haben müsse, so laut und ausdauernd wie es schreien würde.

So begann mein Leben wohl versorgt durch meine Mutter und meine Großeltern. Mein Vater war noch in Frankreich im Krieg. Er kam erst Monate später aus Paris zurück und brachte uns – meine Mutter und mich – in sein Elternhaus nach Bad Cannstatt. Dort wuchs ich auf und erkundete das Leben.

Katzen waren meine bevorzugten Spielkameraden. Doch wollten diese nicht immer so wie ich. Da ich im Kleinkindalter immer bevorzugte, nackt herumzulaufen und sämtliche mir lästig werdende Kleidungsstücke in den Kellerfenstern der Nachbarshäuser zu deponieren, war mein kleiner Körper dauernd von oben bis unten mit Katzenkratzern übersät. Wurden irgendwo Schlüpferchen, Hemdchen oder sonstige Kinderdessous gefunden, gab man diese prompt bei uns zu Hause ab, da jeder über meine Stripteaseangewohnheiten Bescheid wusste. Keiner verbot mir, meinen Bedürfnissen nachzugeben. Ich war ein neugieriges, aber auch ängstliches Kind. Am schönsten fand ich es, im »Gräble« bei meinen Eltern zu schlafen, das ist die Besucherritze im Ehebett. Diese Angewohnheit bzw. diesen Schutz behielt ich bis ins Teenageralter bei.

Die Kindergartenzeit nahte, ich war gespannt, was es dort zu erleben gäbe. Guten Mutes wurde ich im Alter von drei Jahren an einem Morgen von meiner Mutter dort abgeliefert. Ich wollte es mir an dem mir zugewiesenen Tischchen bequem machen und stellte meine mir lebensnotwendig erscheinende Flasche Sprudel darauf. Zur Auflockerung der anwesenden Kinder und auch zu meiner Unterhaltung, schlug ich Tante Anna, der Kindergartentante, vor, das Lied – in jener Zeit der absolute Hit – »Ei, ei, ei Maria, Maria aus Bahia, wenn Maria Samba tanzt, dann freut sich ganz Bahia, keiner versteht es so wie du, und dir fliegen dann im Nu, alle Männerherzen zu« zu singen. Dieses Lied faszinierte mich, vielleicht sah ich mich damals schon in der Rolle der Maria. Nur löste ich mit meiner Aktion Sprudel und Schlager die totale Überraschung und Überforderung der Kindergartentante aus. Uncharmant verbot mir diese mein Anliegen. Ab sofort war der Fall für mich geklärt, kein Sprudel, kein Schlager ... also langweilig. Nichts wie heim zu Muttern, da durfte ich doch machen was ich wollte und was mir Spaß machte. Niemals mehr betrat ich den spießigen Kindergarten. Meine Mutter wurde dahingehend belehrt, dass die Dodo ein doch sehr eigenwilliges Kind wäre.

So lief mein Leben in Freiheit und Erkundung der Nachbarschaft, auf alle Fälle nach meinen Plänen und Wünschen, weiter.

Mit fünf Jahren verliebte ich mich in den Schauspieler Rudolf Prack. Dieser war damals so alt wie mein Vater, nämlich 46 Jahre. Er war mein Idol, solch einen Mann wollte ich auch haben. Aus allen Zeitschriften schnitt ich seine Bilder aus und trug sie mit mir herum.

Eines Tages wurde bekannt, dass die Premiere seines neuesten Filmes, nämlich »Schwarzwaldmädel«, bei uns in Bad Cannstatt in den Bad-Lichtspielen stattfinden sollte. Natürlich ließ ich meinen Eltern keine Ruhe. Ich bettelte so lange, bis mein Vater zwei Eintrittskarten für uns kaufte, eine für meine Mutter und eine für mich. Die Wunschbilder in meinem Kopf überschlugen sich. Ich stellte mir vor, dass er mich sehen und dann sofort als seine Frau – was dies bedeuten würde, wusste ich ja damals nicht – entführen würde.

Bis zum Premierentermin übte ich bei meiner Oma Else meinen großen Auftritt. Oma Else war die zweite Frau von meinem Opa Karl, dem Vater meines Vaters. Sie war vom Typ her wie Zarah Leander, hatte viel Geld, viel Schmuck und viele Pelze und rauchte Gloria-Zigaretten. Kurzum, so wollte ich auch sein.

Wenn meine Eltern weggehen wollten, musste ich bei meinen Großeltern übernachten. Normalerweise heulte ich und suchte tausend Ausreden, um von meinen Eltern nicht getrennt zu werden. Doch jetzt war es etwas anderes, ich war froh dort übernachten zu können, um das Spiel der großen Dame zu inszenieren.

Dies ging so: Ich behängte mich mit Schmuck, legte Pelze um, malte mir rote Lippen und platzierte mich so vor Oma Elses Toilettentisch, der einen Spiegel hatte, den man auf dreifache Größe ausfahren konnte. Auge in Auge mit meinem Spiegelbild konfrontiert, übte ich kokett zu sein. Die Vervollständigung dieses Spiels war dann, dass ich mir eine Gloria-Zigarette genehmigte und vor dem Spiegel rauchte. Den Rauch stieß ich gekonnt nach oben – so sah ich es immer bei ihr – um dann im Spiegelbild ganz von Qualm eingehüllt zu sein.

Die einzige Gefahr bestand darin, dass meine Oma Else noch eine Mutter hatte, die, 93-jährig und voll auf Draht, meinte auf ihre Tochter und mich aufpassen zu müssen. Zogen Rauchdüfte durch die Wohnung, wusste sie, dass ihre Tochter wieder einmal qualmte und dies war ihr ein Dorn im Auge. Wir konnten sicher sein, dass sie an die Schlafzimmertüre klopfen würde, die wir vorsorglich abgeschlossen hatten. Hätte sie gewusst, dass nicht nur ihre Tochter, sondern auch ich mit meinen 5 Jahren Gloria rauchten, hätte sie uns bestimmt verpetzt und das ganze Verkleidungsspiel wäre aufgeflogen.

Nach Beendigung dieses Spiels legten wir uns ins Bett zum Schlafen. Oma Else sang mir noch das Wolgalied vor. Ich träumte dann ganz süß von Engeln und dass ich bald meinen geliebten Rudolf Prack sehen und betören würde.

Der Tag X kam. Meine wunderschöne Mutter war gewandet in ein weißes Glockenkleid aus Leinen mit aufgestickten roten Mohnblumen. Dazu trug sie einen weißen, breitkrempigen Filzhut mit weißem Schleier. Ich wurde altersgemäß angezogen. Dies machte mir aber nichts aus, da ich mich ja in meiner Fantasie als große Dame sah, wie vor dem Spiegel im Schlafzimmer meiner Oma. Behängt mit Schmuck, umhüllt von Pelz, und zwischen den roten Lippen die Gloria-Zigarette haltend. Ich war mir sicher, dass mich Rudolf Prack genauso sehen würde.

Also fuhren wir abends rechtzeitig los. Mein Vater brachte uns mit unserem Gutbrod-Lieferwagen zum Kino. Dort angekommen – es regnete –, ließ er uns direkt am Schauplatz, wo sich schon viele Leute vor dem Einlassportal aufgestellt hatten, aussteigen. Alles musste schnell gehen, wegen des nachfolgenden Verkehrs. Also, ich raus aus dem Führerhaus. Musste leicht runterrutschen, weil das Führerhaus ziemlich hoch lag. Meine Mutter entstieg majestätisch, setzte beide Beine gleichzeitig auf die Erde und schlug die Türe zu. Ein Windstoß kam, wehte ihr den Hut vom Kopf und trieb diesen direkt vor unseren Lieferwagen. Mein Vater startete just in diesem Moment zur Weiterfahrt und überrollte den Hut. Da lag das weiße Luxusgebilde. Plattgewalzt, nass und das Reifenprofil aufweisend.

Majestätisch hob meine Mutter den verunstalteten Hut auf und trug diesen nun nicht mehr auf dem Kopf, sondern in der Hand mit sich. Mich berührte diese Situation ziemlich wenig, ich war aufgeregt. Sollte es doch bald soweit sein, »Ihm« zu begegnen. Der Ki-

11

nobesitzer, der ein Freund meines Vaters war, ließ uns durch eine Geheimtüre rein, und wir hatten das Glück, ganz vorne auf der obersten Treppe an der Absperrung zu stehen. Der rote Teppich für die Stars war ausgelegt. Meine Wangen wurden immer roter. Dann ging ein Raunen durch die Menge: »Sie kommen«. Allen voran schritt Rudolf Prack die Treppe hoch, hold nach links und rechts lächelnd. Jetzt endlich stand er direkt vor uns. Mein Herzle pochte voller Erwartung. Er sieht meine Mutter, nimmt Augenkontakt mit ihr auf, lächelt sie an und verneigt sich tief vor ihr. Ich wollte schreien: »Hey, hier bin, sieh m i c h an!« Aber ich brachte keinen Ton heraus. Er sah mich gar nicht, sein bewundernder Blick gehörte zwei Köpfe höher meiner Mutter. Diese nahm mich, als ich weinte, an der Hand und tröstete mich mit den Worten: »Du bist halt noch ein bisschen zu klein, um in der Menge entdeckt zu werden, sonst hätte er nur dich gesehen!« Dies leuchtete mir ein und ich war wieder zufrieden.

Die kleine Welt drehte sich für mich und meine Träume weiter. Sonntagabends gingen meine Eltern des öfteren auf den Killesberg in Stuttgart zum Tanzen. Ich durfte mitgehen. Zum einen deshalb, weil ich nicht alleine zu Hause bleiben wollte. Nie und nimmer. Eine Aufsichtsperson hätte ich auch nicht geduldet, und so nahmen mich meine Eltern mit. Ich saß ganz brav und andächtig bei ihnen am Tisch und beobachtete die tanzenden Paare. Meine Eltern tanzten zusammen und drehten sich rhythmisch mit den anderen Paaren auf dem Marmorboden des Pavillons zum Takt der Walzerklänge. Eine neue Tanzrunde begann und meine Gedanken wurden bei diesen Klängen in die Zukunft getrieben. Der Sänger sang: »... spiel mir eine alte Melodie, voll Gefühl und Harmonie ... man steckt sich Veilchen ans Kleid, die Röcke waren sehr weit, mein Gott war das eine Zeit ...« Eine unbekannte Sehnsucht packte mich, und als meine Eltern wieder an unseren Tisch zurückkehrten fragte ich meinen Vater: »Papa, was war das für eine Musik?« Mein Vater antwortete mit einem zarten Lächeln auf den Lippen: »Diese Musik kommt aus Paris!« Diesen Namen hatte ich zuvor schon gehört aus seinen Erzählungen, aber immer in Verbindung mit Krieg. An seinem Lächeln und an seinem Gesichtsausdruck konnte ich jedoch erkennen, dass dieses Paris für ihn ein anderes gewesen sein musste als das aus seinen Kriegserlebnissen. Ich fragte nicht nach, aber in meinem tiefsten Inneren wusste ich, dass ich irgendwann dorthin gehen und mir Veilchen ans Kleid stecken würde. Ich erahnte, dass ich mich dort mit meinem Liebsten irgendwann zum Tanz drehen würde. Ein totales Glücksgefühl übermannte mich. Ich sehnte mich danach, schnell größer und älter zu werden, um nach Paris zu kommen. Tagelang sang ich dieses Lied in mir und träumte von ihm, dem Unbekannten.

Irgendwann holte mich die Realität ein, die Träume verflogen und der nächste Abschnitt des Lebens nahte: die Einschulung.

Es war mir nicht wohl dabei, hatte ich doch meine Erfahrung mit dem Kindergarten gemacht. Aber die Schule konnte ja nicht umgangen werden. Deshalb dachte ich mir, versuch es, vielleicht gibt es ja doch Interessantes zu erleben. Doch die Einschulung stimmte mich schon todtraurig. Alle Kinder lachten, nur ich musste weinen, spürte ich doch instinktiv, dass damit alle Unbeschwertheit und Sorglosigkeit vorbei sein müsse. Dem war dann auch so. Ich wollte keinen Morgen aufstehen und zur Schule gehen. Mit beiden Beinen strampelnd lag ich im Bett und weigerte mich aufzustehen. Meine Mutter versuchte mit Liebe mich davon zu überzeugen, dass es in der Schule doch schön wäre. Es gelang ihr auch öfters, aber sobald ich dort war, wusste ich, dass ich Recht hatte mit meiner Meinung über die Schule. So quälte ich mich durch die Volksschule und wechselte dann in die Mädchen-Mittelschule in der Hoffnung, dass es dort besser werden würde. Am Anfang war es auch interessant, doch merkte ich schnell, dass auch hier nur Pflicht, Zwang und Bevormundung herrschten. Wie ich diese Tretmühle hasste! Doch konnte ich dort nicht das Lokal demonstrativ verlassen, es war Pflicht. Mit Dreizehn wurde es dann interessanter. Jungs tauchten auf, die Männerwelt bemerkte mich. Oh, dachte ich, jetzt wird es endlich spannend.

Meinen romantischen Traum von Paris und den Veilchen hatte ich vergessen. Es kam eine mir sehr gelegene Zeit der Revolution, ausgedrückt in der Musik des Rock 'n' Roll. Angetörnt von Elvis Presley wurde ich zur Käuferin all seiner Singles, die ich mir mühsam von meinem kärglichen Taschengeld absparte. Zu Hause schob ich die Platten in meinen Mignon-Plattenspieler, den ich mir von meinem zur Konfirmation geschenkten Geld geleistet hatte, rein und drehte full power auf. Mit Vorliebe »Jailhouse Rock«. Meine Eltern schüttelten den Kopf und konnten mich nicht mehr verstehen. Meine Freundin Annerose war meine Verbündete. Ich feuerte sie zur gleichen Leidenschaft für diese Musik an und so fetzten wir in meinem Zimmer herum, schlugen uns vor Ekstase die Schenkel rot, angepeitscht vom Rhythmus. Nach diesen Sessions waren wir ausgepowert, aber glücklich, endlich unsere aufgestaute Energie abbauen zu können. Ich war mir sicher, dass nur dieser Power-Mann der richtige Mann für mich sein könnte.

Seine Stimme machte mich verrückt. Dann brachte Elvis den Song »Are you lonesome tonight« heraus und diese Art von Musik konnten auch meine Eltern akzeptieren. Ich selber schmolz dahin und träumte Tag und Nacht von ihm. Dann die Sensation: Er kam nach Deutschland zur Army. Flugs musste mich meine Freundin in heißer Pose fotografieren. Ich lieh mir unbemerkt einen engen Rock von meiner Mutter, den ich mir hinten mit Klammern körpernah absteckte.

Dazu ein T-Shirt, welches ich frivol tief ausschnitt. Die Haare wurden zum Turban hoch gesteckt, ein verführerischer Blick aufgesetzt, die Beine zur Seite gestellt und Klick, das Foto war geschossen. Es ließ mich mindestens zwei Jahre älter aussehen. Ich war sicher, dass Elvis mich, wenn er dieses Bild betrachten würde, sofort aufsuchen würde. Also, das Bild ins Briefkuvert gesteckt, Anschreiben dazu, in welchem ich von ihm ein »Cargram« wünschte – wörtlich übersetzt vom Deutschen ins Englische, das Originalwort nicht wissend, da ich doch erst ein Jahr Englisch in der Schule hatte, aber Not hat mich schon immer erfinderisch gemacht. Ich war voll überzeugt von meinem Erfolg. Aber er kam nicht. Ich erhielt eine Autogrammkarte mit »Loving You, Elvis Presley«. Ein bisschen enttäuscht war ich schon, doch hatte ich in meiner Schule inzwischen jemanden erblickt, der ihm verblüffend ähnlich sah, nur eben etwas jünger. In diesen Jungen interpretierte ich einfach Elvis Presley, und schon war ich von meinem unerfüllten Traum abgelenkt.

Der Junge hieß Sigi, war sechzehn, süß und schwarzhaarig. Er lud mich ein, mit ihm spazieren zu gehen. Zu Hause hinterließ ich, dass ich meine Hausaufgaben mit meiner Freundin Annerose zu erledigen hätte. Annerose und ich sind dann mit Sigi und seinem Freund im nahe gelegenen Park spazieren gegangen. Annerose mit Waldi voraus, Sigi und ich Händchen haltend hinterher. Irgendwann fehlten Annerose und Waldi. Sie hatten sich ins Gebüsch verzogen. Wir zwei blieben ratlos und leicht verlegen stehen. Sigi nahm mein Gesicht in seine Hände und küsste mich. Hatte ich mir doch vorgestellt, dass Küsse nach Erdbeeren schmecken und süß sind, so war ich jetzt ziemlich enttäuscht, dass ein Kuss so unaromatisch ist. Als ich dann auch noch bemerkte, dass er mir in den Ausschnitt meines Sommerkleides schielte – viel war zwar nicht zu sehen, da noch nicht viel vorhanden – hatte ich genug von der Erfahrung des Küssens, es begeisterte mich nicht. Ich wollte jetzt so schnell wie möglich nach Hause. Daheim angekommen, fand ich eine total aufgelöste Mutter vor. Die ganze Sache war aufgeflogen. Anneroses Schwester hatte uns verpetzt und meiner Mutter erzählt, dass sie mich im

Park mit einem Jungen gesehen hätte. Ihre Schwester hat sie nicht gesehen, die hat sich ja mit Waldi klugerweise ins Gebüsch verschlagen. Ich war auf alle Fälle enttäuscht, erstens über das nicht zündende, fast langweilige Geküsstwerden und dann auch noch zu Hause den totalen Heckmeck. So beschloss ich, die Sache mit den Männern abzuhaken. Es brachte doch nur Enttäuschung und dann auch noch Ärger. Ab da ließ ich dann keinen Jungen mehr näher als einen Meter an mich rankommen. Zur Entschädigung genehmigte ich mir immer öfter eine Tafel Schokolade. Diese Alternative zum anderen Geschlecht wurde auch von meiner Mutter begrüßt. Sie schleppte Schokolade an und mein Vater brachte mir täglich einen Becher Eis zur großen Pause in die Schule. Es ging mir gut, ich hatte keine Probleme mehr. Die Schokolade versüßte mir das Leben und die Schule.

Bis Sechzehn hatte ich mir dann 60 Kilogramm angefressen und wurde auch nicht mehr in Versuchung durch Jungens geführt, weil ich einfach zu fett war.

In dieser Situation fühlte ich mich so lange wohl, bis ein Arzt mich darauf aufmerksam machte, dass ich zwar kerngesund, aber doch zu fett wäre. Diese knallharte Wahrheit, ich wusste es ja innerlich schon genau, wollte es aber nicht wahrhaben, änderte mein Leben schlagartig. Ich kam nach Hause und sagte zu meiner Mutter: »Ab sofort wird nichts mehr gefressen!« Sie fand das nicht so gut, spürte sie doch, dass dann Probleme auf sie zukommen würden. Dem war dann auch so.

Es begann bei einer Party, das war damals der absolute Renner – Privatpartys, bei denen Puschkin mit roter Kirsche getrunken und im Dämmerlicht zu Blues geschmust wurde. Und dies betraf auch nur die anderen, da ich das Küssen aus meinen Gedanken gestrichen hatte nach meiner vergangenen schlechten Erfahrung, und sonst befand sich sowieso nichts in meinem Repertoire. Ich wusste nicht einmal, dass es mehr gab und wollte es auch gar nicht wissen. War ich doch nur noch damit beschäftigt, meine mir selbst auferlegte Kasteiung durch Fasten durchzuziehen. Es gab für mich nur noch Obstsalat mit Jogurt. Die Pfunde purzelten. Aber ich fühlte mich immer noch viel zu fett und vor allem auch noch unattraktiv. Jedes andere Mädchen bewunderte ich, fand ich doch alle anderen weiblichen Wesen interessant und wunderschön. Ich befand mich also auf dieser Party, trank Puschkin und rauchte. Dabei musste ich gerade sitzen bleiben um nicht umzufallen, so schlecht war mir. Aber da ich mich ja sowieso als unauffällig einstufte, dachte ich, dass es ja niemandem auffallen würde, wenn ich halb bewusstlos im Sessel hinge. Von dort aus bewunderte ich ein Pärchen. Er war blond, blauäugig, groß und sehr weltgewandt, ca. 27 Jahre alt. Es war für mich ein Wunder, dass er an so einer Kinderparty, ich war gerade sechzehn, teilnahm. Allerdings konstatierte ich, dass dies für ihn keine Rolle spielen müsse, hatte er doch eine Fee bei sich, die alles aufwies, was ich mir wünschte. Zierlich, super-sexy angezogen, redegewandt, selbstsicher und raumfüllend nach »Ma Griffe« riechend. So müsste man sein, dachte ich mir. Und auf einmal war mir klar, warum ich so sein wollte und nicht anders. Ich wollte diesen blonden Mann haben. Ich dachte nicht mehr an meine Askese und nicht mehr daran, dass ich eigentlich nie mehr eine Erfahrung mit Küssen machen wollte. Ich dachte nur noch daran, wie lange ich noch fasten müsse, um so einem Mann zu gefallen. Man glaubt es nicht, zu später Stunde wollte eben dieser Mann, er hieß Freddy, mit mir tanzen. Ich tanzte mit ihm und war total verunsichert. Als er mir in einer dunklen Ecke noch ein zärtliches Küsschen geben wollte, kam ich mir total verarscht vor und ließ ihn einfach stehen. Es konnte doch nicht sein, dass ein Mann mit so einer Freundin an einem Trampel wie mir interessiert sein konnte. Er musste dies sicherlich nur tun, um mich bloßzustellen. Ich hätte am liebsten losgeheult nach dieser von mir empfundenen Blamage. Übereilt und kopflos verließ ich zum Staunen aller die Party. Nie mehr wollte ich an diese Blamage erinnert werden. Schnell ging ich nach Hause und legte mich in meine Besucherritze im Elternbett, links und rechts die Hand meiner Eltern haltend. Weg von der Gefahr Mann!!

Der Gefahr war nicht wegzubringen, sie verfolgte mich täglich in meinen Gedanken, denn diese waren nur noch bei ihm. Ich war verliebt. Ich hatte nur noch einen Gedanken: Wie kann ich es anstellen, so attraktiv und interessant zu werden, dass dieser Mann sich in mich verlieben könnte. Ich aß noch weniger, besuchte Parfümerien und roch gierig an dem Parfüm »Ma Griffe«. Kaufen konnte ich es mir nicht, da ich kein Geld hatte. Irgendwann bekam ich dann ein Pröbchen davon geschenkt. Ich leerte es mir über und auf einmal hatte ich das Gefühl, unwiderstehlich zu sein. So wollte ich bleiben. Ich wollte so extravagant werden, dass die Männer sich nach mir umdrehen würden und speziell dieser eine Mann sollte sich vor Sehnsucht nach mir verzehren.

Mein ganzes Trachten war nun darauf ausgerichtet, mehr aus mir zu machen. Ich lernte, mich zu schminken, die Haare zu stylen und vor dem Spiegel übte ich den typisch laszeiven Blick der Verführerin. Begehrt wollte ich nun werden von ihm, und nicht nur ein erbärmliches Küsschen, das man einem Mauerblümchen aufdrückt, von ihm erhalten. Spielen wollte ich mit ihm für diese Gnade, die er mir zuteil werden ließ. Meine Vorbereitungen liefen erfolgreich, ich hatte die Herausforderung angenommen und nichts konnte mich nun mehr davon abhalten, meine Pläne zu verwirklichen. Aus war die Zeit des passiven Abwartens. Ich erprobte meine Verführungskünste an einigen Versuchskaninchen und sie funktionierten. Das Gefühl war herrlich, betören zu können, um sich dann zurückzuziehen.

Ich sehnte die Stunde herbei, ihn bei einer Party wieder zu sehen.

Keine Party war es, sondern Freddy meldete sich telefonisch von selbst. Wollte mir sagen, dass er mich gerne zu einer Faschingsparty einladen würde. Es gab kein Überlegen, ich sagte zu. Fieberte dem Zeitpunkt entgegen und übte weiter meine männermordenden Blikke. Zur Selbstbestätigung kaufte ich mir noch ein Mieder, damit ja kein Speckröllchen zu sehen wäre. Endlich war der Abend gekommen und Freddy holte mich ab. Ich duftete nach »Ma Griffe«, war in mein Mieder eingezwängt und hatte somit die Lage voll im Griff. Wir fuhren in seinem Auto und unterhielten uns unverbindlich. Als wir bei der von mir erwarteten Party ankamen, war kein Mensch da und es stellte sich heraus, dass wir uns in seiner Wohnung befanden. Na ja, dachte ich mir, vielleicht kommen die anderen nach. Bald musste ich feststellen, dass er sich eine Zwei-Mann- bzw. Ein-Mann-und-eine-Frau-Party organisiert hatte. Die Frage, ob ich mich jetzt entjungfern lassen sollte, stellte sich innerhalb kürzester Zeit. Er ging ran wie Blücher. Da ich jedoch an diesem Tag unter meinem Kleid die Korsage trug, konnte ich mir unmöglich erlauben, mich auszuziehen und so unsexy in einer Korsage dazustehen. Deshalb entschied ich, nein, keine Entjungferung, und überhaupt fand ich ihn jetzt völlig abtörnend und zu alt für mich. Ich zickte rum, er war genervt und froh, als er mich wieder zu Hause abliefern konnte. Ich war froh, wieder in meiner sicheren Burg und dem Endgültigen nochmals entronnen zu sein. Mein Entjungferer müsste anders aussehen, nahm ich mir vor. Sollte ich keinen besseren Typen finden, würde ich eben eine alte Jungfer bleiben. Er meldete sich nie mehr wieder und ich war froh darüber.

Inzwischen hatte ich mehr schlecht als recht meine Schule beendet. Mein Vater wollte, dass ich mich für einen Beruf entscheide. Ich entschied mich spontan für den Beruf der Kosmetikerin. Als Erstes hatte ich ja schon festgestellt, dass ein gutes Styling den Erfolg beim anderen Geschlecht garantiert, und zum Zweiten wäre die Ausbildung in Heidelberg gewesen, wo ich fernab aller heimatlichen Aufsicht ein aufregendes Leben hätte führen können. Ich stellte mir alles abenteuerlich vor und war voller Begeisterung darüber, mein Leben jetzt selbstständig gestalten zu können. Ich fand, der Zeitpunkt hierzu wäre jetzt altersmäßig gekommen. Meine Eltern aber waren anderer Meinung. Sie hatten etwas gegen den Beruf und dagegen, mich unbeaufsichtigt zu lassen. So traf mein Vater für mich die Entscheidung, er brachte mich bei seinem Freund, einem Zahnarzt, zur Lehre als Zahnarzthelferin unter. Ich fügte mich maulend dieser Entscheidung, da ich einsah, dass eine Ausbildung zur Kosmetikerin in einer Privatschule zu hohe Kosten für meine Eltern verursacht hätte. Und dies war aber auch der einzige Grund, den ich akzeptierte.

Am Anfang der Lehre fand ich wieder alles recht interessant, außer dass der Zahnarzt noch einen Vater hatte, so etwa 85-jährig. Dieser alte Bock hatte es voll auf mich abgesehen. Begrüßte mich immer mit Handschlag, wobei er meine Handflächen mit seinen Fingern kitzelte, so, dass es niemand sah, und mich dabei ganz anzüglich ansah. Da ich immer Respekt vor dem Alter hatte, traute ich mich nicht, etwas dagegen einzuwenden und lächelte immer nur verschämt. Dies nahm der alte Bock als Aufforderung wahr. Das Behandlungszimmer hatte ein großes Fenster mit Blick auf den Garten und vom Garten aus hatte man auch Einsicht in das Behandlungszimmer. Immer wenn ich dann dort alleine war und meine Arbeiten wie Instrumente reinigen usw. ausführte, schlich sich der Alte im Garten herum und warf mir Kusshändchen zu. Ich ignorierte dies und tat so, als ob ich es nicht sehen würde. Er ging weiter. Eines schönen Morgen trieb er sich wieder im Garten rum und wartete, bis alle Patienten und mein Chef das Behandlungszimmer verlassen hatten. Ich war am Behandlungsstuhl, räumte die Instrumente weg und warf einen Blick in den Garten. Der Alte hatte darauf gewartet – er trug keine Brille und ich frage mich heute noch, wie ein alter Mensch wie er ohne Brille genau diesen Moment optisch erfassen konnte, als ich raussah. Er zog seine Nudel raus, streckte sie mir entgegen, lächelte und fingerte daran herum. Ich bekam den Schock meines Lebens, hatte ich doch zuvor noch kein männliches Geschlechtsteil gesehen – und dann dies, eine alte, schlappe, welke Nudel. Mir wurde schlecht, ich ekelte mich und nahm mir vor, nie mehr solch ein Ding in natura sehen zu wollen. Ab diesem Moment war mir klar, dass ich sofort nach Beendigung meiner Lehre weggehen würde. Die Hand gab ich dem Alten nun nie mehr und ignorierte ihn auch total. Ganz scheinheilig fragte er mich nach Wochen, ob ich etwas gegen ihn hätte. Worauf ich Feigling nichts erwiderte.

Die Wochen und Monate zogen sich dahin. Ich arbeitete gewissenhaft und ging nebenher noch zur Berufsschule, die mir sehr viel Spaß machte. Auf einmal war meine Lernbegierde erwacht und ich wälzte neben den schulischen sämtliche philosophischen, psychologischen und die Weltliteratur betreffenden Bücher durch. Arbeiten, Lesen, Weiterbilden und Lernen waren nun mein Leben, sonst interessierte mich nichts. Meine Eltern waren begeistert, hatten sie doch jetzt eine Tochter, um die sie keine Angst haben mussten. Auch ich fühlte mich sehr wohl, hatte nur noch Wissensdrang in mir. Ich lag auf der Couch im Wohnzimmer meiner Eltern und las und las. Zur Belohnung bekam ich dann von meiner Mutter immer Schaschlik mit Ketchup serviert. Es war mal wieder eine Zeit ohne Probleme.

In dieser Zeit trimmte ich mich auf »Intellektuelle«. Hörte nur noch Jazz. Bevorzugt »Take five« von Mangelsdorff. Modern Jazz konnte ich nie verstehen, hatte auch keine Beziehung dazu, aber es war absolut »in«, cool rumzuhängen und der Musik zu lauschen, als ob man jeden Ton, jeden Wirbel des Schlagzeugs versinnbildlichen wolle, und dazu unentwegt zu rauchen. Dass ich einmal der absolute, schmachtende Fan von Elvis Presley war, hätte ich nicht einmal unter Folterqualen eingestanden. Denn Geschrei und körperliche Ekstase waren out, Intellekt und Coolness waren in.

Dies ging etwa anderthalb Jahre so weiter, meine Lehre neigte sich dem Ende zu und ich wusste, ich wollte anschließend weitermachen mit Lernen. Vom Arbeiten hatte ich die Schnauze voll, hielt es mich doch nur davon ab, meinen Hunger nach Wissen zu befriedigen. Inzwischen trug ich auch nur flache Schuhe, da mir abends sonst die Beine wehtaten. Meinen lasziven Blick hatte ich wieder abgelegt, weil dieser nur Schwierigkeiten brachte. So hätte alles weitergehen können und nichts wäre in Aufruhr geraten. Doch es sollte anders kommen. Eine Einladung zu einer Party erreichte mich und widerwillig nahm ich diese an. Nach so langer Zeit und so schlechten Erfahrungen mit Partys war es für mich eine Überwindung, kostbare Zeit zu verschwenden, in der ich mich mit Wissen hätte voll stopfen können. Aber einmal versprochen zu kommen, war es für mich Ehrensache auch hinzugehen.

Ich fühlte mich auf dieser Party sehr wohl, konnte am Gespräch teilnehmen und fühlte mich sehr sicher. Nach vielen Tänzen und Gesprächen bildeten sich kleine Gruppen und in einer war etwas Besonderes: Peter hieß er, war zwei Jahre älter als ich, also fast zwanzig, und Schüler des Gymnasiums. Er konnte mir auf alle meine Fragen Antwort geben, und vor allem Antworten, die ich hören wollte. Er war groß, dunkelhaarig und männlich. Er interessierte mich. Ich ihn auch. Mit dem großen Auto seiner Eltern fuhr er mich nach

Hause und wir knutschten und verabredeten uns für den nächsten Tag.

Er war der Sohn eines Fabrikanten, wie sich herausstellte, spielte Tennis und bewegte sich in höheren Kreisen. Für mich als Tochter eines selbstständigen Handwerksmeisters schien dies ein schierer Glücksfall zu sein. Zumal ich ja sowieso inzwischen in höheren Sphären schwebte, war dies eine Herausforderung. Ich stellte fest, dass mein in Eigenregie angeeignetes Wissen nicht ausreichend war, ihm Paroli zu bieten. Da ich aber auch noch andere Fähigkeiten hatte, setzte ich eben diese ein. Und eben diese waren es auch, auf die er es abgesehen hatte. Wir knutschten stundenlang und dabei versuchte er immer wieder, weiter zu gehen. Was ich aber nicht gestattete.

Dies nahm er wohl zum Anlass, sich nicht mehr zu melden. So ohne weiteres wollte ich das in diesem Falle aber nicht hinnehmen. Ich suchte nach Schleichwegen um mit ihm wieder in Kontakt zu kommen. Ganz frech rief ich bei ihm zu Hause an und erzählte seiner Mutter, dass ich meinen Ausweis bei ihm im Auto – stimmte zwar nicht, war aber ein guter Grund – liegen lassen hätte.

Sie sagte, dass sie es ihm ausrichten wolle. An ihrer Stimme merkte ich, dass sie etwas brüskiert war, dass ihr Sohn »Mädchen« in ihrem Auto spazieren fährt. Mir war das aber egal, sollte er doch schauen, wie er es seiner Mutter erklären könnte. Keine zwei Stunden später rief er mich an. Ich tat überrascht, dass er meinen Ausweis nicht gefunden hätte. Dass dies ein Trick von mir war, bemerkte er nicht. Er war aber offensichtlich froh darüber, meine Stimme zu hören, und fragte: »Wollen wir zusammen Tennisspielen gehen?«

»Tennisspielen?« fragte ich, mir sofort meines zusätzlichen Mankos ihm gegenüber bewusst. »Nein danke, vielleicht können wir uns erst einmal so treffen und etwas trinken gehen!« Er war einverstanden. So begann langsam eine Beziehung, für die ich mich eingesetzt hatte. Täglich rief er an oder kam zu uns nach Hause. Meine Eltern waren einverstanden, nichts war dagegen einzuwenden. Irgendwann war allen klar: Die zwei gehen zusammen. Ich war mir bewusst: Jetzt hast du dich für ihn entschieden, alle wissen es, also lasse es laufen und bekenne dich dazu. Es war keine für mich unerreichbare Beziehung, sie war greifbar und echt.

Ich hatte jetzt den Wunsch, mehr Wissen zu erlangen. Der Freundeskreis von Peter bestand aus Schülern und Studenten. Hierbei stellte ich fest, dass ich mich als einzige Auszubildende in diesem Kreis etwas exotisch ausnahm. Intellekt war gefragt, und den hatte ich trotz langem Üben immer noch nicht glaubhaft vorzuweisen.

Auch fühlte ich mich minderwertig, da ich arbeiten gehen musste und den Nachmittag nicht wie die anderen mit Lernen verbrachte, worüber dann abends diskutiert wurde. Diese Diskussionen liebte ich, und dafür, dass er mir diesen Freundeskreis bot, liebte ich Peter. Ich versprach ihm, dass ich mir in punkto Sex in nächster Zeit auch weitere Lektionen von ihm erteilen lassen würde. Mit dieser Option war er bereit, mich überallhin mitzunehmen, da er doch täglich hoffte, zu seinem Ziel zu kommen.

Da meine Lehre bald abgeschlossen war und ich über meine weitere Zukunft zu entscheiden hatte, fiel meine Wahl auf Fremdsprachen. Dachte ich mir doch, dass man Englisch und Französisch beherrschen müsse, um eine adäquate Partnerin für einen zukünftigen Akademiker zu sein. Denn dass mein zukünftiger Mann ein Akademiker sein sollte, war mir ab diesem Moment klar. Das Aussehen allein war mir nicht mehr so wichtig. Und um einem Akademiker später eine gute Partnerin sein zu können, musste ich mich weiterbilden und Fremdsprachenkorrespondentin werden.

Der Drang nach Ausbildung war da, nur wieder nicht das Geld um diese Dolmetscherschule zu bezahlen. Meine Eltern hatten ein Malergeschäft mit zehn Malergesellen, welches mein Opa Karl an seinen erstgeborenen Sohn, meinen Vater, übertragen hatte, als er sich mit seiner zweiten Frau, meiner Oma Else, in den Ruhestand zurückzog. Meine Großeltern bewohnten zusammen das Oma Else gehörende idyllisch gelegene Haus mit großem Garten. Mein Traumhaus. Dieses erbte mein Opa, als Oma Else einem Krebsleiden erlag. Wir wohnten in dem Haus in Bad Cannstatt, in welchem sich auch das Malergeschäft befand. Da mein Vater künstlerisch sehr begabt war und nach dem Besuch der Kunstakademie auch mehr dazu neigte, das Malen auf der Leinwand auszuüben und nicht im handwerklichen Sinne, ging unser Geschäft sehr schlecht, und somit war das Geld wie immer knapp, da erst alle Arbeiter bezahlt werden mussten und dann nicht mehr viel für das Private übrig blieb. Meinen Wunsch, in die höhere Gesellschaft einzusteigen, hatte ich meinen Eltern bis dato noch nicht mitgeteilt, weil ich genau wusste, dass die Bereitschaft mir dieses zu ermöglichen zwar da war, aber nicht die dazu benötigten Geldmittel.

Mein Opa Eugen, der damals zu meiner Geburt die Hebamme organisierte, um mir den Weg ins Leben zu erleichtern, half mir wieder weiter, mein selbst gestecktes Ziel zu erreichen. Er starb und meine Mutter erbte.

Auf einmal hatten wir Geld. Die monatlichen Kosten der Schule wurden von meiner Mutter akzeptiert. Der Weg nach oben stand offen. Wir waren nicht mehr die kleinen Leute, wir hatten Geld. Mein Image und das meiner Eltern stieg. Also beendete ich meine Lehre als Zahnarzthelferin mit der Abschlussnote zwei, kündigte und wechselte auf die private Dolmetscherschule.

Jetzt gehörte ich zu dem Kreis der Schüler. Ab sofort wurde ich bei den Freunden von Peter als Gleichgesinnte anerkannt. Zur Steigerung fing ich auch noch an, Tennisstunden zu nehmen. Das gehörte dazu. Ich fühlte mich saugut. Da ich mich jetzt mit ihm gleichgestellt hatte, waren unsere weiteren Schritte in Sachen Erkundung der Liebe nicht mehr weit.

Da ich mich bis dato gewehrt hatte, Peter auch als Mann mit dem dazugehörigen Geschlechtsteil zu akzeptieren, war mir doch sein Intellekt viel wichtiger, musste er mit Engelszungen reden und bei jedem Treffen ging er ein Stückchen weiter in seinem Forscherdrang nach dem Erkunden meines Körpers. Schrittweise ließ ich immer mehr zu, bis wir beim Petting gelandet waren. Sein männliches bestes Stück überzeugte mich, dass es nicht die leiseste Ähnlichkeit mit der alten Nudel des Vaters meines Chefs hatte. Als seine Finger bei meinem bis dahin wohlgehüteten Schmuckstück gelandet waren, überkam mich die Leidenschaft und ich erlebte das erste Mal in meinem Leben einen Orgasmus. Ich konnte nicht glauben, dass es solche Gefühle in mir gab. Von da an war ich mir meiner Sexualität bewusst und es kam unerwartet so, dass ich davon nicht genug kriegen konnte. Wir befingerten uns zu jeder sich bietenden Gelegenheit. Im Auto, in meinem Zimmer, in seinem Zimmer, im Wald und wo auch immer noch. Mit dieser Art der Befriedigung war ich sehr einverstanden. Aber er wollte noch mehr. Wir diskutierten darüber, wann, wo und wie wir endlich die endgültige Vereinigung unserer Körper triumphal stattfinden lassen sollten.

Unser erster abgesprochener Versuch sollte in seinem Zimmer unter vorheriger Einstimmung mittels eines extra alten Portweines geschehen. Wir legten uns nackt in sein Bett und leerten die ganze Flasche. Danach wurde mir derart schlecht, dass ich mich übergeben musste. Also wurde dieser erste Versuch der Vereinigung anlässlich meiner Unpässlichkeit verschoben. Der zweite Versuch fand in meinem Zimmer statt. Wieder lagen wir nackt im Bett, und ich war bereit. Peter stellte entsetzt fest, dass er ja keine Präservative dabei hätte. Ohne Kondome war es uns zu gefährlich, so weit aufgeklärt waren wir. Also schwang er sich schnell in seine Klamotten, um zum nächsten Automaten zu rennen. Dieser war aber ungefähr einen Kilometer von unserem Haus entfernt. Endlich kam Peter wieder, ich strahlte ihn an und dachte, jetzt kann nichts mehr schief gehen. Ging aber doch, da er durch das schnelle Rennen zum Automaten Seitenstechen hatte und nicht mehr konnte. Zweiter Versuch verschoben. Der dritte Versuch fand im Auto auf einem Waldparkplatz statt. Er lag auf mir und stöhnte, war es doch endlich soweit; ich öffnete die Augen um mich zu vergewissern, dass alles sanft vor sich gehen würde, dabei entdeckte ich am Hinterfenster des Autos einen Spanner. Ich schrie auf, Peter fuhr hoch, sah den Spanner, zog sich schnell seine Hosen an und verfolgte den flüchtenden Typen. Er fing ihn natürlich nicht, und als er zurückkam war uns beiden vor lauter Angst die Lust vergangen. Dritter Versuch verschoben.

Über einen neuen Versuch schwiegen wir in den nächsten Wochen beide. Wir blieben beim altbewährten Petting, hatte uns dies doch noch nie in Schwierigkeiten gebracht.

Eines Nachmittags saßen wir beide in meinem Zimmer beim Lernen. Meine Eltern waren außer Haus. Irgendwann fingen wir an, uns gegenseitig die Kugelschreiber zuzuwerfen, wir lachten und ärgerten uns gegenseitig. Das Ganze endete mit einem Kampf am Boden. Aus diesem spaßigen Gerangel wurde Ernst. Ohne dass es uns direkt bewusst wurde, vollzogen wir den körperlichen Liebesakt. Er war glücklich und ich auch, obwohl ich vor Schmerzen keinerlei sexuelle Empfindungen dabei hatte. Ich war glücklich, diesen letzten Schritt hinter mich gebracht zu haben und endlich Frau zu sein.

Meine Selbstsicherheit wuchs, jeden Tag lernte ich mehr dazu, nachmittags traf ich mich mit Peter und an den Wochenenden waren wir auf Partys eingeladen. Es war inzwischen überall bekannt und akzeptiert, dass wir ein Paar waren. Meinen Führerschein machte ich auch noch nebenher, das Geld dazu bekam ich von meinen Eltern spendiert. Das Auto wurde mitgeliefert, so war ich unabhängig und konnte ihn mit meinem Auto besuchen. In vollster Harmonie strebten wir beide dem Abschluss unserer angestrebten Ziele entgegen. Er machte Abitur und ich beendete meine Dolmetscherschule mit dem Abschluss als Fremdsprachenkorrespondentin. Als ich nach der Prüfung an einem Freitagnachmittag nach Hause kam, war meine Mutter beim Einkaufen. Ich suchte meinen Vater, um ihm endlich das überreichte Zeugnis zu präsentieren. Ich fand meinen Vater nicht, ich suchte das Haus ab, das Büro, die Werkstatt – nirgends war er. Als letzte Möglichkeit suchte ich im Schlafzimmer nach ihm. Dort lag er im Bett, war blau angelaufen und kriegte keine Luft mehr. Voller Verzweiflung rief ich sofort den Notarzt an, dieser kam und ließ ihn gleich per Blaulicht ins Krankenhaus transportieren. Zwei Tage lag mein Vater im Koma, dann kam er wieder zu sich, sah meine Mutter und mich und fragte uns: »Was macht ihr denn noch hier?« Er erzählte uns, dass er irgendwo gewesen sei, wo es wunderschön war, er habe Farben gesehen, die er als Maler noch niemals gesehen hätte. Allen Menschen, denen er begegnete, hätten wunderschöne, rosige Gesichter und blonde Haare gehabt. So etwas Schönes habe er noch nie gesehen. Wir dachten, dass er fantasiert, waren aber froh, dass er wieder unter uns weilen durfte.

Der Schock saß uns allen in den Gliedern, so dass meine bestandene Prüfung nur noch Nebensache war. Ich ging jeden Tag zu ihm ins Krankenhaus und betete in der Kirche, dass er wieder gesund werden möge. Nach drei Wochen war er wieder bei uns zu Hause und unser Leben nahm eine Wende.

Der Arzt verordnete meinem Vater die Aufgabe des Geschäftes und den Umzug von der Großstadt Stuttgart in eine klimatisch für ihn bessere Zone. Meine Eltern schmiedeten Pläne, wie alles geändert werden könnte. Der Endstand war dann der, dass man ein Haus bauen würde am Bodensee. Auf der einen Seite war ich begeistert, da ich den Bodensee sehr liebte. Auf der anderen Seite war mir etwas mulmig, da ich mich inzwischen doch so sehr auf eine Zukunft als Fremdsprachenkorrespondentin in Stuttgart eingestellt hatte. Fünfundsechzig Angebote (das war im Jahr 1965) lagen mir vor. Doch entschied ich mich, meinen Eltern zuliebe mit Ihnen aufs Land zu ziehen. Ich hoffte, auch dort entsprechende Industrie vorzufinden. Das Haus war im November 1965 fertig gestellt und wir konnten einziehen. Ab Januar 1966 fand ich einen Arbeitsplatz als Übersetzerin und Sekretärin des Besitzers einer Tuben- und Aerosoldosenfabrik. Peter hatte inzwischen einen Studienplatz in Maschinenbau an der Uni in München gefunden, und so sahen wir uns nur noch alle zwei Wochen, meistens bei uns im neu erbauten Haus. Meinem Vater ging es wieder glänzend, er lebte in der neuen Umgebung völlig auf. Da alles so gut lief, verlobten Peter und ich uns an Weihnachten 1966 und waren sicher, so wie unsere Eltern auch, dass wir für immer zusammenbleiben und heiraten würden.

Am Anfang lief auch alles sehr gut, ich ging tagsüber arbeiten und war abends und an den Wochenenden, an denen Peter mich nicht besuchen kam, bei meinen Eltern zu Hause. Mein Opa Karl kam uns oft besuchen und blieb auch längere Zeit in unserem Hause. Er steckte mir immer wieder Geld zu, so dass ich mir alles leisten konnte, was ich wollte. Ich ging in teuren Boutiquen einkaufen: Der absolute Renner war damals Mode von dem Modeschöpfer Courrège. Ich konnte stundenlang Kleider probieren und mir so die Zeit vertreiben.

Am Anfang genoss ich es, mich ganz auf meine Arbeit zu konzentrieren und abends ungestört lesen oder fernsehen zu können. Zur Vervollkommnung der Idylle, und auch um nicht mehr alleine zu sein, kaufte ich mir einen Pudel namens Amber. Mit ihm ging ich dann in der schönen Landschaft spazieren und wartete immer sehnsüchtig, bis Peter uns aufsuchte und etwas Leben in unseren Trott brachte. Das Ganze ging ca. ein halbes Jahr gut, dann bekam ich Entzugserscheinungen, ich fühlte mich vernachlässigt und für so ein eintöniges Leben auf dem Lande zu jung.

Dann kam die Frage: Wie komme ich raus aus der Tretmühle?

Kapitel III

Mein Auto trug damals noch ein Stuttgarter Kennzeichen, da es noch nicht an unseren neuen Wohnsitz umgemeldet war. Es war an einem Wochenende, an dem mich Peter nicht besuchen kam: Der Geburtstag meiner Mutter stand bevor und so beschloss ich am Samstagmorgen, nach Singen zu fahren und meiner Mutter für den Wintergarten einen Philodendron zu kaufen. Ich machte mich schick und zog ein hellblaues Hängerstrickkleid mit Rollkragen an. Um meine hoch gesteckten Haare wickelte ich ein hellblaues Tuch zum Turban. Große hellblaue Ohrringe, die Augen stark mit schwarzem Eyeliner umrandet, die Lippen mit blassrosa Lippenstift herausfordernd zum Schmollmund geschminkt, so begab ich mich zum Geschenkekauf. Ich suchte den teuersten und luxuriösesten Blumenladen auf, den die Stadt zu bieten hatte, auf. Dort erstand ich den größten, satt dunkelgrün glänzenden Philodendron. Nachdem ich bezahlt hatte, trug ihn ein Gärtner zum Auto und packte ihn mühsam in meinen VW-Käfer. Ich ging, ganz Luxusdame, nebenher und überreichte ihm ein Trinkgeld. Mit der Absicht, in meinem Stammcafé noch einen Kaffee trinken zu gehen, bestieg ich mein Auto. Anschließend wollte ich sofort wieder nach Hause fahren, um den Samstagnachmittag mit meinen Eltern gemütlich vor dem Fernseher zu verbringen. Mein Hund Amber saß wartend auf dem Rücksitz und wedelte mit dem Schwanz. Ich drehte mich nach hinten, um ihn zu streicheln. Dabei fiel mein Blick aus dem Rückfenster und ich entdeckte, dass ein bahamafarbener Porsche direkt hinter mir stand, dessen gut aussehender Fahrer mich angrinste. Er stieg aus seinem Wagen aus, kam an meine Fahrertüre und beugte sich zu mir herunter. Ich sah ihn fragend an und kurbelte das Fenster auf. »Darf ich Sie zu einem Kaffee einladen?«, fragte er mich – ohne sonstige Erklärung. Ich entgegnete ziemlich unwirsch: »Ich wollte sowieso eben noch Kaffeetrinken gehen!« »Dann fahren Sie doch einfach voraus, und ich folge Ihnen«, war seine Antwort. Ich war so perplex, dass ich den Motor anließ und losfahren wollte. Leider hatte ich vergessen, den ersten Gang einzulegen, und so hoppelte mein Volkswagen im dritten Gang und blieb dann ganz erbärmlich mit abgewürgtem Motor stehen.

Ich bekam eine solche Wut auf mich, weil mir immer die Nerven durchgehen, wenn außergewöhnliche Situationen eintreten. Ich schaute nicht mehr nach hinten, nicht nach links oder rechts, startete den Motor und brauste los, direkt vor mein Stammcafé. Dort angekommen, leinte ich meinen Hund an und stieg aus dem Auto. Er war mir gefolgt und parkte direkt hinter mir, kam lachend auf mich zu und sagte kein Wort über den Zwischenfall. Auch sonst wurde kein Wort gesprochen. Vorausstolzierend ging ich ins Café und setzte mich an den ersten freien Tisch. Er setzte sich einfach dazu. Jeder von uns bestellte getrennt eine Tasse Kaffee. Ich hüllte mich in Schweigen. Er eröffnete das Gespräch: »Ich finde es sehr interessant, dass Sie aus Stuttgart hier einkaufen gehen! Man sieht sofort, dass sie aus der Großstadt kommen, an Ihrem Outfit und an Ihrem Auftreten! Ich bin sicher, dass Sie unter Ihrem Strickkleid keinen BH tragen!« Mit großen Augen schaute ich ihn an. So frech war mir noch keiner gekommen. Aber er reizte mich wegen seines Aussehens und wegen des Porsches. Ich fühlte mich sehr überlegen, da er mich als exotisch ansah nur weil er meinte, ich käme aus Stuttgart. »Bitte nehmen Sie meine Einladung an und gehen Sie heute Abend mit mir zum Essen!« Wie hypnotisiert sagte ich ja. Dann verabredeten wir uns für 19 Uhr vor einem mir bekannten Speiselokal. Das Ganze dauerte nicht länger als zehn Minuten, dann saß ich wieder im Auto und fuhr mit zitternden Knien nach Hause zurück. Die Verwirrung war der Wunsch, nach raus aus der Tretmühle. Sie klappte, da Fräulein Stuttgart zum guten Job und der bereits vorhandenen guten Partie auch noch das große Leben erleben wollte. Da fehlte doch gerade noch der Porsche mit seinem sehr passablen Fahrer. Das erste Mal seit unserem Einzug ins neue Haus ging ich abends alleine aus. Meinen Eltern erklärte ich, dass ich jemanden getroffen hätte, der mich zum Essen eingeladen hätte. Weitere Nachfragen ihrerseits kamen nicht, aber meine Unruhe zeigte ihnen, dass etwas passiert war. Also fuhr ich gegen 18.30 Uhr wieder nach Singen zurück. Meinen Hund ließ ich zu Hause.

Pünktlich traf ich vor dem Lokal ein. Er stand mit seinem Porsche schon da. Forschen Schrittes kam er zu mir herüber und öffnete die Autotüre. Er lächelte und sagte: »Ich freue mich sehr, dass Sie gekommen sind!« Ich wollte eigentlich sehr selbstbewusst auftreten und ihm gleich von vornherein klar machen, dass eine Verabredung zum Essen für mich keinerlei Verbindlichkeit bedeuten würde. Doch brachte ich kein Wort hervor und lächelte ihn nur an. Er gefiel mir. Sein Name war Dieter. Nach der Bestellung fingen wir an zu reden. Jeder erzählte aus seinem Leben. Ich sagte sofort, dass ich verlobt wäre. Er meinte, er wäre auch fast verlobt, doch wäre seine Freundin eine Brasilianerin und würde in Rio de Janeiro leben. Zuerst war ich sehr erleichtert, dass er auch eine feste Freundin hatte. Dies bedeutete für mich, dass wir beide in festen Händen waren und so keinerlei Gefahr bestand. Beim Essen hatte ich Schwierigkeiten und brachte keinen Bissen runter. Das war sehr verdächtig. Nachdem wir jeder zwei Gläser Wein getrunken hatten, wurde die Stimmung entspannter. Aus dem Lautsprecher klang der Song »Spanish fly«. Je mehr wir quatschten, je lockerer die Musik wurde und je mehr wir uns in die Augen sahen, umso mehr flogen die Funken zwischen uns. Nach einigen Stunden besann ich mich wieder auf die Gegenwart, bedankte mich für die Einladung und sagte, dass es an der Zeit wäre für mich nach Hause zu gehen. Er brachte mich zum Auto und küsste mich. Alarmsignal in meinem Gehirn: »Das darfst du doch nicht machen, du bist verlobt!« Ich verscheuchte diese Gedanken, ich wollte nur ein bisschen mein inzwischen langweilig gewordenes Privatleben aufheitern. Ich dachte, dass diese kleine Aufheiterung keinerlei Auswirkung auf meine sichere Verbindung hätte, es sollte doch nur ein kleines Abenteuer sein. In meinem Bett zu Hause träumte ich von ihm und der herrlich prickelnd gewesenen Atmosphäre. Alles Weitere wollte ich mir am nächsten Morgen überlegen.

Früh am Sonntagmorgen klopfte mein Vater an meine Zimmertüre. »Am Telefon ist ein gewisser Dieter, der dich sprechen möchte!« Schlaftrunken, wie ich noch war, rannte ich zum Telefon. Es war Dieter. »Darf ich dich heute zum Kaffeetrinken einladen?«, war seine Frage. Sofort, ohne zu überlegen, sagte ich ja und lud ihn zu mir nach Hause ein. Er kam und ich stellte ihn meinen Eltern vor. Er machte sich ihnen mit perfekten Manieren bekannt, und ich sah ihnen an, dass sie von ihm begeistert waren. Wir saßen beim Kaffee auf unserer Terrasse und er erzählte, dass er Architekt wäre und einunddreißig Jahre alt sei. Seine Eltern hätten seinen Brüdern und ihm eine Fabrik hinterlassen, diese würde von seinen Brüdern geleitet. Er selber sei nicht in der Firma tätig. Dies waren alles Sachen, die meinen Eltern gefielen. Da er auch noch zehn Jahre älter war als ich, waren sie sicher, dass es sich hier um einen väterlichen Freund von mir handeln würde.

Dieter lud mich fast täglich zu anderen Unternehmungen ein, und ich war begeistert. Meistens nahm er noch Freunde mit, so dass es ziemlich unterhaltsam wurde. Überall zeigte er mich herum, als ob ich die Königin persönlich wäre, und ich genoss dies. Ich wurde immer selbstsicherer.

Die Besitzer der Lokale hofierten mich. Sie bewunderten diesen Mann, da Geld bei ihm keine Rolle spielte und jeder wusste, dass er ohne viel zu arbeiten sich das schönste Leben leisten konnte. Mich betrachteten sie als sein stil- und niveauvolles Anhängsel und

machten ihm Komplimente über seine Begleitung. Dies genoss er.
Eines meiner freien Wochenenden verbrachten wir wieder einmal
in seinem Stammlokal mit seinen Freunden. Wir tranken viel, lachten und tanzten und ich fühlte mich mal wieder im siebten Himmel. Am frühen Morgen verließen wir das Lokal. Beim Hinausge-
hen begleitete mich, nachdem die Männer vorausgegangen waren,
der schon etwas angegraute Chef des Tanzlokals. Er versuchte sich
in Smalltalk mit mir und ich erwiderte diesen gekonnt. Ich hatte es
gelernt, mich in der großen Welt zu bewegen. Da von Dieter nichts
mehr zu sehen war, baggerte er mich voll an. Charmant lehnte ich
sein Angebot ab, dass er mich mit seinem Mustang am Montag zum
Essen abholen wolle. Ich war geschmeichelt, und stolz verließ ich
hoch erhobenen Hauptes, leicht angetrunken, das Lokal. Von meinem würdigen Abgang beeindruckt, trat ich ins Freie. Ich sah die
beiden Männer, Dieter und Freund, zusammen stehen und stellte
mich majestätisch direkt neben beide. Ich war mir so meiner Würde
sicher, dass ich erst nach Sekunden bemerkte, dass die beiden gerade
pinkelten. Ein »Oh!« von mir löste bei uns dreien einen Lachkrampf
aus, der die peinliche Situation überspielte. Im Gegenteil, sie dachten, dass ich so cool wäre und mich ungefragt daneben stellen würde. Dass diese Situation nur zustande kam, weil ich kurzsichtig bin
und natürlich nie eine Brille aufsetze, gab ich nicht preis. Dies hätte
mein Flair der Coolness ruiniert.

Dieter sprach von Heirat und ich war nicht abgeneigt, sagte aber,
dass ich erst in der Hochzeitsnacht mit ihm schlafen würde. Dies
sagte ich aber nur, weil ich mich keinesfalls darauf einlassen wollte, mit zwei Männern gleichzeitig zu schlafen. Da ich ja mit Peter,
wenn er mich besuchen kam, auch schlief, schien mir diese Lösung
die beste. Ich wollte so lange warten, bis Dieter mir bewiesen hätte,
dass er es ehrlich meint. Es war sowieso schwierig genug für mich,
beide Beziehungen nebeneinander laufen zu lassen. Wenn ich mich
am Wochenende mit Dieter nicht treffen konnte, weil Peter aus
München kam, war Dieter ziemlich ironisch zu mir. Er sagte aber
nie direkt, dass ich mich von meinem Verlobten trennen solle um
ihn zu heiraten. Und die Verlobung aufgrund unserer platonischen
Beziehung zu lösen brachte ich nicht fertig. Ich war stark am Zwei-
feln.

Wen sollte ich nehmen? Auf der einen Seite der treue Verlobte
– gute Partie und man hatte ihm ja auch viel zu verdanken –, auf
der anderen Seite die Versuchung zur großen Welt und raus aus der
Langeweile und Tretmühle.

Ich konnte mich einfach nicht entscheiden. Das machte Dieter immer verrückter, und mich immer wirrer, da ich wusste: Irgendwann platzt die Bombe. Wir fingen an zu streiten und ich zog mich von ihm zurück. Als ich nach einer solchen Auseinandersetzung am nächsten Morgen mit dem Auto zur Arbeit fuhr, sah ich seinen Porsche verkehrswidrig auf dem Gehsteig vor einem Wohnblock stehen. Alarmglocken klingelten in mir. Mich packte die Wut, wollte er mich verarschen? Erst von Heirat sprechen und dann die Nacht woanders verbringen. Ich versuchte viertelstündlich ihn zu erreichen. Gegen Mittag endlich hatte ich ihn am Telefon. Ich legte sofort mit Vorwürfen los. Sein Argument: »Wenn ich es von dir nicht bekomme, hole ich es mir bei anderen Frauen!«

»Wenn das so ist«, schrie ich ins Telefon, »dann heirate bald deine Brasilianerin, die lässt sich so was vielleicht gefallen, aber ich nicht!« Dann knallte ich den Hörer auf die Gabel und brauchte einige Zigaretten, um diesen Schock zu überwinden.

Es vergingen einige Tage, ohne dass er sich meldete, und ich hatte ihn bereits abgeschrieben. Am Wochenende war wieder Besuch von Peter angesagt. Da diese kurze Affäre für mich jetzt erledigt war, schenkte ich Peter wieder meine ganze Aufmerksamkeit. Aber irgendwie war es nicht mehr so wie früher. Ich war nervös und fahrig, und er merkte, dass etwas nicht stimmte. Als Peter am Sonntagabend wieder nach München fuhr, war ich froh, alleine zu sein. Ich wollte nur meine Gedanken wieder ordnen. Am anderen Morgen öffnete ich mein Fenster und auf der Fensterbank lag ein längliches Päckchen. Ich öffnete es flink: Es befand sich eine lange Goldkette mit einem Rosenquarzanhänger und dem dazu passenden Armband darin. Eine Karte lag dabei mit folgendem Text: »Meine tiefste Bewunderung entbietet dir Dieter«. Dies haute mich glatt um. Solche außergewöhnliche Zuvorkommenheit wurde mir noch nie entgegengebracht. Also fing das Spiel wieder von vorne an. Hin- und hergerissen zwischen ihm und Peter wurde ich immer nervöser. Meine Konzentration am Arbeitsplatz ließ inzwischen auch zu wünschen übrig. Ich wusste, ich musste eine Lösung finden. So beschloss ich, am nächsten Wochenende nach München zu fahren, um auf neutralem Boden meine Gefühle besser zu erspüren. Ich teilte diese Absicht Dieter mit und war überzeugt, dass er meinen Entschluss begrüßen würde, indem er sah, dass ich eine Lösung suchte. Er aber wollte genau an diesem Wochenende mit mir groß weggehen. Als ich ablehnte und meinte, dass wir dies nach meinem klärenden Besuch in München nachholen könnten, bemerkte er: »Du musst wissen, ich bin nicht der Mann, der gerade dann Zeit hat, wenn du es in deinem Terminplan für gut befindest!« Sofort war ich wieder sauer und blieb dabei, das Wochenende in München zu verbringen.

Frohen Mutes fuhr ich am kommenden Freitag nach München zum Abchecken, ob mein Verlobter der Richtige ist. Der Besuch eines großen Faschingsballes wurde telefonisch geplant.

Auf zum Fasching ins Haus der Kunst, denn dort ist ja das große Leben. Ich verkleidete mich als Spanierin. Knallenge Hosen, nabelfreies Bolerojäckchen. Zur Abrundung des Ganzen wurden noch künstliche Wimpern angeklebt. Rein ging's in den Fasching.

Zitternd vor Erwartung, was alles so passieren würde, vergaß ich ganz, dass ich ja etwas abklären wollte mit meinem Verlobten.

Ich saß an der Sektbar im Haus der Kunst, umzingelt von Männern. Ich vergaß Peter und Dieter. Stolz war ich, wie meine Kleidung. Lächeln hier, lächeln da, Zigarette links, Sektglas rechts. Ich, der Star in München im Haus der Kunst! Ich war es ja nun gewohnt, mich im großen Leben zu bewegen und bewundert zu werden. Dies sollte mein Verlobter jetzt sehen, dass ich keine Landpomeranze bin, sondern Femme fatale. Anscheinend aber wollte er mich so nicht sehen, denn die Gestalt meines Bräutigams stand hinter mir und forderte mich auf, mit ihm nach Hause zu gehen. Natürlich wollte ich nicht, denn das war ja mein Tag. Selbstverständlich setzte ich voraus, dass mein Verlobter dies einsehen und mich dafür bewundern müsse.

Keine Spur davon. Er zog mich am Arm – wie peinlich – von der Bar weg und ich musste mit ihm in seine Studentenbude.

Dort angekommen, kam mein erster Anflug von Emanzipation hoch. Ich wollte klarstellen, dass es mein gutes Recht wäre, wenn es mir irgendwo gefiele auch dort zu bleiben. Er sah dies anders. Lautstark vertrat auch er seine Meinung.

Ich empfand dieses ungebührliche Verhalten als Affront gegen mich und wollte das auf seinem Nachttisch stehende Porträt von mir entwenden und vernichten, da er es meines Erachtens nicht mehr verdiente, nach dieser peinlichen Entfernung aus der Bar ein Bild von mir sein Eigen zu nennen.

Oh là là, er wurde zum Tiger (in Wirklichkeit ist sein Tierkreiszeichen »Fisch«) und knallte mir eine Ohrfeige, worauf ich Nasenbluten bekam und die falschen Wimpern davonflogen. Das war das Ende meiner Verlobung. In Ordnung, dachte ich mir, das ist so gewollt, jetzt nehme ich Dieter und düse mit ihm ins große Leben. Die Beteuerung von Peter, dass er es nicht so gemeint hätte, nahm ich nicht an.

Ich setzte mich ins Auto und fuhr schnellstens zurück. Alles wollte ich vergessen, meine Entscheidung stand fest, ich wollte zu Dieter.

War nicht so einfach, da er nicht mehr anrief. Mich selber melden wollte ich auch nicht. Also schnappte ich meine Mutter, die Süße, und fuhr in das Tanzlokal, in dem ich ihn vermutete. Ich wollte zeigen, was die Königin aus dem Haus der Kunst in München zu bieten hat. Viele Männer waren da, nur er nicht. Blöd, aber okay, lässt man sich halt von anderen Männern umwerben, um das Selbstwertgefühl zu stärken. Im Inneren war es mir zum Heulen, da mein Plan mit nahtlosem Happy End nicht geklappt hatte. Unter vielen Tänzern, die mich ziemlich deprimierten, war einer: blond, blaue Augen, leider klein. Ihm wollte ich unbedingt sagen, wie schlecht es mir ging, welche Sorgen ich hatte. Ich tat dies aber nicht, sondern spielte die Arrogante, worauf er mir sagte, dass ich doch meine Adresse, die er unbedingt in Erfahrung bringen wollte und die ich ihm nicht gab, den anderen Tänzern geben solle. Er wäre nicht mehr daran interessiert. Okay, so nicht, dachte ich mir, obwohl es mir leicht gegen den Strich ging, dass er nicht nachhakte. Vor dem abrupten Ende unserer Unterhaltung hatte ich aber noch so in etwa erzählt, wo ich wohne und arbeite. Mutter und Tochter gingen dann nach Hause, sich noch von allen verabschiedend. Papa wartete ja auf uns.

Am Montag darauf fuhr ich vom Arbeiten nach Hause, und siehe da, ein roter Karmann Ghia kam mir entgegen, drehte um und fuhr mir nach. Nun, er war es, der kleine Blonde aus dem Tanzlokal. Er hatte mich abgepasst. Wir gingen Kaffee trinken und es war eigentlich ganz nett. Er rief mich danach immer wieder an und gab mir das Gefühl, nicht allein zu sein.

Einige Tage später meldete sich Dieter telefonisch und lud mich über das Wochenende zu seinem Verbindungstreffen in Freudenstadt ein. Jetzt was tun, soll man mitgehen? Inzwischen war ich ja schon leicht spießig geworden, da die Affäre »Femme fatale« in München so danebengegangen war. Ich kam in Gewissenskonflikte. Ich hatte zwar keine feste Beziehung mehr, doch gab es inzwischen – wenn auch ohne sexuelle Beziehung – zwei neue Anwärter. Aber wie das nun mal so ist, ich entschied mich für das Abenteuer Dieter, Porsche und Verbindungstreffen. An ein nahtloses Happy End mit ihm dachte ich natürlich nicht mehr, da inzwischen eine neue Situation eingetreten war. Ein neuer Aspirant war aufgetreten, und diesen wollte ich vor meiner Entscheidung auch noch überprüfen. Meine Absicht, mit nach Freudenstadt zu gehen, teilte ich auch dem kleinen Blonden mit. Er schaute mich sehr traurig an, als ich ihm mitteilte, dass ich einfach noch nicht so weit wäre, mich sofort nach meiner Entlobung wieder ganz auf einen neuen Mann zu konzentrieren.

Also gut, Freitagnachmittag wurde ich von Dieter abgeholt und mit dem Porsche ging es los. Papa und Mama leicht besorgt, Lächeln, Küsschen. Die Gedanken meiner Eltern standen ihnen auf der Stirn geschrieben.

Als wir im Hotel in Freudenstadt ankamen, belegten wir zusammen ein Doppelzimmer. Im ersten Moment war ich leicht geschockt, denn eine Nacht mit ihm zusammen zu verbringen, würde bedeuten, dass wir auch miteinander schlafen würden. Und dies würde ja nach unserer bzw. meiner Vereinbarung bedeuten, dass wir auch heiraten. Kurzfristig ließ ich in Gedanken das Schicksal über meine Zukunft bestimmen. Wenn es dazu kommen sollte, dass wir uns in dieser Nacht in Leidenschaft vereinigten, würde ich mich endgültig, ohne weitere Überlegungen, für Dieter, wie überhaupt von mir ursprünglich vorgehabt, entscheiden.

Aber es kam ganz anders. Ich hatte mal wieder nur die große Sause im Kopf. Innerhalb kürzester Zeit hatte ich mich auf der Riesenfete, die abging, zum Liebling der Männerwelt gemacht, geraucht, getrunken, »Let's spend the night together« gebrüllt und war glücklich. An Dieter und an meine mit mir getroffene Abmachung dachte ich nicht mehr. Als das Fest vorüber war, fehlte Dieter. Ich ging allein auf das Zimmer. Früh morgens kam er, legte sich neben mich ins Bett und schlief ein. Krach am Morgen beim Frühstück. Die Rückfahrt verlief schweigend. Er lieferte mich wortlos zu Hause ab und weg war er. Peng! Ich wusste nicht mehr, wo es lang geht. Dachte mir aber gleich, dass er mich auch nicht verdient hätte. Aus Trotz rief ich sofort den kleinen Blonden an und erzählte ihm alles. Er war zufrieden und ich glücklich, dass mich endlich jemand verstand.

Dieter und Peter riefen dann in der Folgezeit abwechselnd an, wollten erklären, warum sie so reagiert hätten. Aber beleidigtes Kind gab beiden keine Chance mehr.

Der Held war der kleine Blonde, er zeigte Verständnis für meine Art. Er verwöhnte mich mit Parfüm, mit Blumen, mit Geschenken allgemein. Kein Tag verging, ohne dass er mich nicht im Büro oder zu Hause anrief. Er bemühte sich um mich, wie ich es mir immer gewünscht hatte. Seine Aufnahme in die Familie schaffte er mit folgender Heldentat: Er reparierte an unserem Auto zwei Kotflügel, die ich innerhalb von zwei Stunden aus Schusseligkeit eingedellt hatte. Er wienerte das Auto, überhäufte meine Eltern mit Wein, ging mit ihnen und mir zum Essen. Es war klar, so ein Mann, der uns unterstützte, hatte uns gefehlt. Er war immer parat wenn man ihn brauchte. Wir machten viele Bodenseeausflüge, besuchten Grillpartys, besuchten unsere Verwandten in Stuttgart und immer alles im Team. Die Harmonie pur.

Mein Ex-Verlobter drängte, dass er noch mal mit mir reden und auch noch einige Sachen abholen müsse, die noch bei mir waren. Gut, ich vereinbarte ein Treffen bei uns im Haus. Er kam am darauf folgenden Samstag. Ich empfing ihn, leicht kokett, im kurzen Hemdchen – meine Eltern waren außer Haus und ich ließ nochmals das Schicksal spielen. Wir sprachen uns aus, und als wir beide kurz vorm Heulen waren, fuhr der kleine Blonde vor. Peinliche Stimmung. Ex-Verlobter packte alles zusammen und weg war er. Ich – wieder leicht verunsichert – dachte mir, jetzt bist du frei, warum jetzt nicht einmal frivol werden! Blondie und ich fuhren an den Bodensee, tanzten und tranken und dann passierte es im Karmann Ghia, mit einer Technik, die phänomenal war. Mir hätte auffallen müssen, dass dieses ausgefeilte System schon öfters von ihm erprobt war. Meine Verwirrung mit der Männerwelt allgemein hatte mich aber unempfindlich gegen inneres Misstrauen gemacht. Vielleicht wollte ich es auch nur nicht zulassen. Ich wollte doch einfach nur glücklich sein!

Einige Wochen nach unserem Liebesspiel im Karmann Ghia musste ich für meine Firma als Übersetzerin mit auf die Messe nach Berlin. Blondie und ich nahmen voneinander Abschied, und er versprach mir, nach meinen Eltern und nach meinem Hund Amber zu sehen. Ich war zufrieden und glücklich in der Annahme, mit diesem Mann doch endlich die richtige Wahl getroffen zu haben.

Es war mein erster Flug und mir war schlecht. In Berlin hatte ich ein Gefühl von dauernder Übelkeit, wollte auf keine Einladung gehen, mich ekelte alles an. Trotzdem hatte ich dauernd Hunger, und zwar speziell auf Sauerkraut und Schweinshaxen.

Wieder zurück aus Berlin lief alles im gleichen Stil harmonisch weiter. Wir planten einen Spanienurlaub und fuhren dann auch vierundzwanzig Stunden ohne Pause mit dem Karmann Ghia nach Palafrugell. Heiße Liebesnächte in Spanien. Leider für mich nach wie vor ziemlich unbefriedigend. Die Morgen danach waren schrecklich, da mir jedes Mal von seinem nach dem Duschen aufgetragenen Aftershave kotzübel wurde. Aber man denkt sich ja nichts weiter. Der Urlaub in Spanien wurde dann mit jedem weiteren Tag mehr zur Katastrophe. Er war nörglerisch, alles was ich machte war so ziemlich falsch, und ich nahm mir vor, mich Deutschland sofort von Blondie zu trennen. Ich sehnte mich zurück zu meinen Eltern und zu meinem Hund. Dort hatte ich dieses Ausgeliefertsein an einen Mann noch nie so empfunden.

Endlich traten wir die Rückreise an und ich war so glücklich, wieder daheim zu sein, dass ich es einfach nicht übers Herz brachte, ihm sofort zu sagen, dass ich mir das Zusammenleben mit einem Mann anders vorstelle. Ich ließ die Entscheidung aus Feigheit schleifen.

Dieter rief an und bemerkte: »Dieser Mann ist nichts für dich, er entspricht nicht deinem Niveau. Sein Vater ist Arbeiter in unserer Fabrik!« Allein diese arrogante Aussage von ihm brachte mich auf die Palme, und deshalb vergaß ich alle meine vorherigen Überlegungen. Ich dachte mir spontan: »Jetzt erst recht!« Ich erklärte Dieter rachedurstig, dass ich meinen neuen Freund ganz gut und lustig finden würde und keinen weiteren Kommentar über ihn mehr zu hören wünsche. Dieter war tief beleidigt und wie ich spürte, gedemütigt, dass ein Arbeitersohn ihn aus dem Rennen geworfen hatte.

Meine Mutter stellte in der Folgezeit erfreut fest, dass ich gut aß und endlich einmal wieder enorme Hungergefühle entwickelte. Diagnose von ihr: »Die Luftveränderung in Spanien hat dir gut getan«. Diagnose drei Wochen später vom Gynäkologen: »SCHWANGER«. Peng! Ganze Familie hektisch, Vater wollte es nicht glauben – vor allen Dingen die Vorstellung, dass es seine einzige, geliebte Tochter mit einem Mann getrieben hat. Oh, Papa, wie naiv warst du doch.

Achterbahn der Gefühle in mir. Zum einen fand ich es ganz lustig, konnte mir nicht vorstellen, ein Kind in meinem Bauch zu haben. Zum anderen die Angst, was alles auf mich zukommen würde. Ich verdrängte die Angst und entschied mich, diese Neuigkeit erst einmal allen Freundinnen und Kolleginnen mitzuteilen. Als Erstes wurde der werdende Vater telefonisch heranbeordert. Inzwischen hatte ich schon wieder vergessen, was in Spanien so alles ablief. Die Sensation der Schwangerschaft ließ meine innere Stimme wieder nicht zu Wort kommen. Der werdende Vater kam und wurde darüber informiert. Er war nicht sehr überrascht. Kurzfristig kam mir der Gedanke, ob das von ihm wohl so geplant war. Meine vor circa zwei Monaten schüchtern vorgebrachte Nachfrage, ob er denn nichts nehmen würde (ich dachte an Präservative), da ich keinerlei Verhütungsmittel nähme – hat eine Königin doch nicht nötig –, veranlasste ihn zu der Äußerung, dass er schon wisse, was er mache. Ich nahm ihn damals beim Wort und dachte mir, bestimmt ist er unfruchtbar.

Also gut, er war nicht sehr überrascht wegen meiner Schwangerschaft und bemerkte, dass wir dann eben heiraten würden. Er hätte sowieso vorgehabt, sich mit mir zu Weihnachten zu verloben. Da fiel mir wieder ein, was ich nach meiner Rückkehr aus Spanien vorgehabt hatte, und mir wurde ganz schlecht. Das Wort Heirat löste den Schock und die Erkenntnis über die Schwere der Situation aus. Aber nach einem Gläschen Wein war die Welt wieder in Ordnung. Alle negativen Gedanken legte ich auf die Seite; vielleicht war ja auch alles nur ein Traum.

Nein, am anderen Tag war alles immer noch so. Bin aber trotzdem frohgemut ins Büro gefahren, die Neuigkeit musste ja erzählt werden. Alle haben gelacht und gefragt, wie so etwas im hohen Alter (ich war gerade zweiundzwanzig Jahre alt – es war das Jahr 1967) passieren kann. Habe mitgelacht und fand es ebenso recht lustig. Abends dann zu Hause, allein mit meinen Eltern, fand ich es aber gar nicht mehr sehr lustig. Nach langem Grübeln war ich dann der Meinung, die richtige Lösung gefunden zu haben. Kind ja, Heirat nein. Hinterhältig schlich sich in meinem Gehirn die Idee ein, die Königin – ich sah mich immer noch als solche – und ein lediges Kind, wie sieht denn das aus? Also dann doch Heirat! Aber der werdende Vater war eben auch nicht so, wie sich die Königin ihren König vorgestellt hätte. Kaufmännischer Angestellter, dreiundzwanzig Jahre alt, und noch dazu aus ärmlichen Verhältnissen. Auf einmal Verzweiflung pur. Meine Mutter meinte: »Wir ziehen das Kind alleine auf, das werden wir schon schaffen«. Wollte ich aber doch nicht, da – wie schon erwähnt – Königin und lediges Kind ...!

Nach einer harten Woche des Hin- und Herüberlegens stimmte ich dem Plan des werdenden Vaters zu, wir heirateten. Am 27. Oktober 1967 hatten wir standesamtliche Trauung und am 27. November 1967 war unsere kirchliche Trauung. Die Feier fand anschließend in einer gutbürgerlichen Wirtschaft statt. Früher hatte ich mir immer etwas ganz Fantastisches vorgestellt, wenn ich mal heiraten würde. Aber es kommt halt anders als man denkt. Seine Verwandtschaft auf der einen Seite, meine Verwandtschaft auf der anderen. Zwei verschiedene Welten.

Meine Eltern stellten uns in ihrem Haus die Dachgeschosswohnung zur Verfügung. Ich richtete diese gemütlich ein, soweit dies mit dem geringen Budget, das mein Mann und ich hatten, möglich war. Ich kündigte meinen Job um nur noch Hausfrau und werdende Mutter zu sein.

Unser erstes Weihnachtsfest als Ehepaar nahte. Ich träumte von einem Weihnachtsbaum ganz in Silber. Er wollte einen bunten Weihnachtsbaum. Erste Meinungsverschiedenheit. Das Resultat war ein total bunter Weihnachtsbaum und darunter saßen wir dann. Mein Ehemann bekam zu später Stunde das heulende Elend, weil er zum ersten Mal nicht mit seiner Mutter Weihnachten feiern konnte. Meinen Eltern und mir gelang es dann, die Situation zu retten indem wir ihm Zuspruch gaben und uns ganz auf ihn konzentrierten. Da wurde mir klar, dass auch mein Ehemann mit seiner neuen Situation leicht überfordert war.

Am anderen Tag kam ein Anruf vom Bruder meines Vaters: »Opa Karl liegt im Sterben, kommt schnell!« Sofort fuhren wir alle nach Stuttgart. Mein Opa lag im Bett, und als ich mich zu ihm setzte sah er mich an und sagte: »Schade, dass ich dein Kind, meinen Urenkel, nicht mehr sehen kann! Dodo, du bist gar nicht dick, du siehst wunderbar aus mit deinem Bauch, ich liebe dich!« Ich heulte los, umarmte ihn und verließ das Zimmer. Zehn Minuten später kamen die anderen aus dem Zimmer und sagten: »Er hat es geschafft!«

Dieses Ereignis musste ich verdrängen, um nicht während meiner Schwangerschaft in Kummer zu verfallen. Es gelang mir, da ich den Tod meines Opas als altersmäßige Unabwendbarkeit sah.

Jetzt erbte mein Vater und meine Eltern hatten genügend Geld, von dem auch mein Ehemann und ich profitierten.

Während meiner Schwangerschaft erhielt ich eine Postkarte aus Brasilien von Dieter mit folgendem Text: »Was du kannst, kann ich auch! Ich habe ebenfalls geheiratet!« Diese Nachricht ließ mich nicht unberührt. Ich kam ins Grübeln. War der Weg, den ich gewählt hatte, wirklich der richtige?

Am 31. März 1968 wurde der Wonneproppen Alexandra geboren. Zuvor war noch eine große Leistung von mir erforderlich. Bei der Vorbereitung auf die Geburt fragte ich die Hebamme, ob die Geburt – ich hatte doch keine Ahnung – schlimmer als das verabreichte Klistier werden würde, worauf die Hebamme entgegnete: »Warten Sie es mal ab«. Es wurde! Ich zitterte, bebte und schrie: »Hilfe, Hilfe, Narkose, Narkose, ich kann nicht mehr!« Bis der Arzt ein Machtwort sprach: »Auch eine Frau H. wird ein Kind zur Welt bringen können!« Da wusste ich, jetzt wird es ernst, jetzt musst du durchhalten. Ganz aus der Ferne hörte ich einen Schrei und ich wusste, ich hatte es geschafft. Unmittelbar nach der Geburt, nach dem Nähen, musste ich zu Fuß in mein Zimmer gehen. Das war anscheinend in dem Dorfkrankenhaus so üblich, angeblich um Thrombose und Embolie vorzubeugen. Links und rechts gestützt von Arzt und Hebamme schlurfte ich total entkräftet den Gang entlang, vorbei an allen Sonntagnachmittagsbesuchern, von denen mich die meisten als Femme fatale kannten. Ab diesem Moment wusste ich: Das ist das Ende der Königinnenära.

Nach fünf Tagen durfte ich nach Hause mit meinem Baby. Dort bekam ich dann am Abend erst mal einen Heulkrampf, da der kleine

Schreihals entweder trinken, gewickelt oder auf den Arm genommen werden wollte oder einfach nur so schrie. Dazwischen war ich mit Windeln waschen und Fläschchen zubereiten beschäftigt. Ich dachte mir: Das ist nun für mindestens drei Jahre die Aufgabe deines Lebens. Hätte ich damals gewusst, dass die Verpflichtungen bis zur endgültigen Freiheit noch 18 Jahre gehen würden, wäre ich durchgedreht.

Das Haus meiner Eltern wurde nun zu klein für uns alle, da es für mein Baby kein separates Kinderzimmer gab. Mein Mann drängte darauf, in eine Wohnung an seinem Heimatort zu ziehen. Mir war klar, dass jetzt ein Abnabelungsprozess von meinen Eltern stattfinden musste, also stimmte ich dem Umzug zu. Wohl war mir nicht dabei, da ich doch lieber in einem eigenen Haus gewohnt hätte. Die Lösung des Problems kam von meinen Eltern, sie kauften von dem geerbten Geld und mit dem Erlös aus dem Verkauf unseres kleineren Hauses ein großes Wohnhaus, in dem wir alle Platz hatten. Speziell meine kleine Familie hatte auf einmal viel Platz in einer Wohnung mit 170 Quadratmetern. Meine Eltern hatten eine kleinere Wohnung. Es war für sie selbstverständlich, uns die größere zu überlassen.

Jede Familie hatte ihre eigene Wohnung. Da mein Ehemann den ganzen Tag im Außendienst tätig war, konnte ich mich ungestört meiner Tochter und meinen Eltern widmen. Kam er abends nach Hause, musste ich nur für ihn da sein. Alles musste versorgt sein. Meine Eltern durften nicht mehr stören. Ich hatte dies alles im Griff und meine Eltern hielten sich an den Wunsch ihres Schwiegersohnes. Er entwickelte sich zum Patriarchen im Hause. Ich selber bemerkte das damals nicht, hatte ich doch alles, was mir wichtig war, in meiner Nähe. Zum Nachdenken hatte ich keine Zeit. Gedanken über mein Leben machte ich mir keine, ich ignorierte unangenehme Auseinandersetzungen und baute mir meine kleine heile Welt auf. Dinge, die ich nicht sehen wollte, sah ich eben nicht.

Bis zu dem Tag, an dem mich eine Freundin anrief und mir mitteilte, dass meine Freundin Annerose an Krebs verstorben wäre. Diese Nachricht traf mich wie ein Hammerschlag. Auf einmal wurde mir bewusst, dass das Leben vergänglich ist. Ich steigerte mich in den Wahn, dass auch ich Krebs haben müsste. Warum sollte nur sie ihn haben, und nicht ich. Ich fing an, Symptome bei mir zu diagnostizieren und rannte von Arzt zu Arzt und ließ mich von oben bis unten röntgen. Kein Befund, nur vegetative Dystonie wurde vom Arzt festgestellt. Ich glaubte es nicht und rauchte aus Angst immer mehr. Es stellten sich Halsschmerzen ein und vergrößerte Lymphknoten. Beweise für mich!

Ein Termin bei einem bis dato für mich unbekannten Hals-Nasen-Ohren-Arzt sollte mir die Gewissheit bringen. Ich lief bei ihm voll aufgeputzt in der Sprechstunde ein, Perücke auf dem Kopf. Niemand sollte sehen, unter welcher Angst ich innerlich litt, dem gleichen Schicksal wie meine Freundin zu erliegen. Ich wurde in sein Sprechzimmer gerufen und er bat mich, Platz zu nehmen. Seine ersten Worte nach der Begrüßung: »Haben Sie eine Perücke auf?«

Ich kleinlaut: »Ja!« Er: »Nehmen Sie diese mal ab!« Ich hätte in den Boden versinken können, aber ich nahm sie pflichtbewusst und schamrot ab. Er sah mich an und sagte: »Wieso haben Sie denn dieses Ding auf dem Kopf, ohne sind Sie doch viel hübscher!« Ich, völlig abgelenkt von meiner Krebsangst, sagte: »Okay, ich wollte nur ein bisschen anders aussehen!« Er lachte und ich stopfte meine Perücke in die Handtasche.

Die anschließende Diagnose von ihm: »Sie haben eine Halsentzündung, rauchen Sie nicht mehr so viel und alles wird wieder gut! Die geschwollenen Lymphknoten könnten von der schweren Perücke kommen!« Ich schaute ihn entgeistert an, alles war mir so peinlich. An Krebs dachte ich jetzt nicht mehr, nur noch daran, welchen peinlichen Abgang ich jetzt ohne Perücke, vorbei an den glotzenden Arzthelferinnen, aus der Praxis nehmen musste. Im Auto musste ich erst einmal eine Zigarette rauchen und alles gedanklich verarbeiten. Ich schwor mir, diese Perücke nie mehr aufzusetzen. Kaum zu Hause, warf ich sie schwungvoll in den Abfalleimer. Mein Selbstbewusstsein wurde durch diesen Vorfall nicht gesteigert, aber meine Krebsangst war wie weggewischt. Diese ganze Peinlichkeit strich ich aus meinem Gedächtnis, als ob sie nie passiert wäre. Es blieb mein Geheimnis, niemand erfuhr jemals davon und keiner fragte je nach, wo meine Perücke geblieben wäre.

Ich musste mich ablenken, um nie mehr wieder in Krebsangst zu verfallen. So beschloss ich, meinem Mann zuliebe, das Skifahren zu lernen. Dies eigentlich auch deshalb, weil er mich vor die Alternative stellte: »Entweder du lernst Skifahren oder ich gehe mit meinen Kumpels alleine!« Das wollte ich natürlich niemals. Ich wollte ihn nicht alleine gehen lassen, ich hatte Angst davor, dass er eine andere Frau kennen lernen und sich verlieben könnte. Bei meinem angeknacksten Selbstbewusstsein war das für mich durchaus vorstellbar.

Also wagte ich das Risiko.

Meine kleine Tochter ließ ich bei meinen Eltern und auf ging's zum Einführungslehrgang ins Skifahren durch meinen Ehemann.

Hier nahm er ab sofort die Gelegenheit wahr, mir klar zu machen, dass Intellekt gar nichts bringt, wenn man sportlich ein Versager ist.

Mein erster Versuch, auf den Skiern zu stehen, fand auf dem Feldberg statt. Noch nie in meinem Leben fühlte ich mich so unsicher wie mit den Latten an den Füßen. Ich war nicht einmal fähig, langsam dahinzugleiten. Mein Gleichgewicht war gleich null. Ständig lag ich im Schnee und musste mich mühsam wieder hochhieven. Unter Tränen sagte ich ihm, dass ich aufgeben werde, selbst auf die Gefahr hin, ihn alleine nach Österreich zum Skifahren zu lassen. Er nahm dies missbilligend hin und dachte sich seinen Teil, das sah ich an seiner Mimik. Gerade wollte ich, wieder im Schnee liegend, meine Skier abschnallen, da bemerkte ich nicht weit von mir entfernt einen Japaner, ebenfalls im Schnee liegend. Seine Arme und seine Beine waren total ineinander verkeilt, die Skistöcke standen nach oben. Dieser Japaner lächelte, in gleicher Höhe liegend wie ich, zu mir rüber und bemerkte: »Skifahren sein sehr schwer!« Ich musste trotz meiner Panik lachen und bestätigte seine Feststellung. Als ich mich wieder aufgerappelt hatte – die Blamage, vor dem Japaner abzuschnallen, wollte ich mir nicht antun – und an ihm vorbeiglitt, fasste ich Mut, denn ich stellte fest, dass ich zwar ebenfalls wie er ständig die Welt von unten betrachten musste, doch war ich nie so verkeilt am Boden gelegen. Ich sagte mir: »Du bist doch eine Stufe besser als er, also habe Mut und gebe nicht auf!« So war es dann auch, ich hielt durch und wurde immer besser.

Die Zeit war gekommen, wo ich mit zum Skifahren nach Österreich durfte. Hier hieß das Motto meines Mannes: »Sieh mal zu, wie du klarkommst. Du kannst ja jetzt Ski fahren und hier im Gebirge kannst du an deiner Technik üben!« Wir fuhren mit der Gondel auf den Berg. Ich schlotterte an Leib und Seele als ich ausstieg und sah, welche Abfahrten ich zu bewältigen hatte. Ich fuhr ganz langsam immer schräg den Berg hinunter und schaffte es, ohne große Stürze an den Schlepplift zu kommen. Dort erwartete er mich und ich wurde wieder nervös, da ich furchtbare Angst vor dem Hochliften hatte. Mein Ehemann drückte mir den Schleppliftbengel unter den Hintern und los ging's. Natürlich kam es so wie ich es mir in meinem schlimmsten Albtraum vorgestellt hatte. Circa zehn Meter vor dem Ende des Schleppliftes brachte ich die Skispitzen übereinander und fiel links zum Lift raus. Liegen blieb ich mitten in der Spur, so dass der Lift abgestellt werden musste. Ich versuchte wieder aufzustehen, was völlig unmöglich war, da mein roter, knallenger Overall mir keinen Spielraum ließ, die Ellbogen nach oben zu stemmen und die Skistöcke in den Schnee zu drücken. Nach einigen vergeblichen

Anstrengungen versuchte ich, mich liegend aus der Spur zu manövrieren, damit der Lift wieder eingeschaltet werden konnte und die Leute hinter und vor mir mich endlich nicht mehr schmunzelnd hätten beobachten können. Nichts dergleichen gelang mir. Ich lag da wie ein Maikäfer auf dem Rücken. Die Situation war aussichtslos und total erniedrigend. Mein Ehemann hing auf seinem Liftbengel mit einem schadenfrohen Grinsen und unternahm nichts. Nachdem von dem Liftpersonal oben festgestellt wurde, dass ohne Hilfe bei mir nichts zu machen war, rannte ein älterer, braun gegerbter Liftboy zu mir den Berg runter, umfasste von hinten meine Brüste, nahm dreimal Anlauf und zog mich hoch. Seine Bemühungen kommentierte er noch lautstark mit: »Hauruck, Madel!« Die Menge grölte, und ich genierte mich, dass er meine Notsituation so schamlos ausnützte. Ich hätte ihm eine scheuern können, doch tat ich dies nicht, weil ich froh war wieder senkrecht zu stehen. Schnell verließ ich den Schauplatz. Weiter entfernt, machte ich meinem Mann Vorhaltungen, warum er dies nicht verhindert hätte. Er jedoch meinte: »Beim Skifahren muss sich jeder selber helfen!« Das nächste Hochliften ging ich voll konzentriert an. Ich schaffte es, nicht aus der Spur zu kommen und nicht vom Liftbengel runterzufallen. Doch oben angekommen und gut rausgefahren musste ich feststellen, dass man zum nächsten Lift sofort einen steilen Abhang runterfahren musste. In der Hektik verlor ich den Überblick, brachte die Skispitzen übereinander und kugelte den ganzen Hang hinunter, direkt vor die unten beim nächsten Schlepplift anstehenden Skifahrer. Wieder Gelächter. Mein Ehemann erwartete mich schon mit einem Blick, der sagte: »Kann man auch so blöd sein!« Gnädig streckte er mir seinen Skistock entgegen, an dem ich mich dann hoch hangelte. Wieder hatte das Publikum seinen Lacherfolg. Dann überkam mich innerlich solche Wut, dass ich mir schwor, mich niemals mehr solchen erniedrigenden Situationen auszusetzen. Ich wollte jetzt ganz alleine lernen, Ski zu fahren, ohne von Panik befallen zu werden. Von diesem Moment an ging es bergauf mit mir.

Ich hatte bewiesen, dass man alles kann, wenn man es nur richtig will.

Wieder zu Hause gehörte meine ganze Liebe meiner Tochter und trotz allem auch meinem Ehemann und natürlich meinen lieben Eltern. Ich bemühte mich, es allen recht zu machen und keinen zu vernachlässigen. Mein Pudel Amber hielt sich inzwischen immer mehr bei meinen Eltern auf, da es ihm bei uns zu hektisch zuging.

Zweieinhalb Jahre später setzte ich die Pille ab und dachte: Lassen wir es mal auf einen Versuch ankommen. Eine Woche später waren mein Ehemann und ich auf einem Faschingsfest, ich spielte natürlich dieses Mal nicht die Femme fatale, denn das geziemte sich ja nicht für eine verheiratete Frau mit einer Tochter. Ich stand an der Bar, trank Sekt und unterhielt mich. Hinter mir wurde es laut, ich drehte mich um und hörte, wie ein Typ meinen Ehemann provozierte: »Hey, du kleiner Gartenzwerg!«. Ich sah die Adern meines Mannes am Hals anschwellen und wusste, gleich passiert was. Entweder bin ich dran oder der Typ. Es war der Typ. Hintereinander verließen beide den Saal. Ich blieb drin. Nach circa fünfzehn Minuten kam mein Ehemann mit blutbespritzten Schuhen wieder zurück und sagte: »So, das hätten wir erledigt!« Alle beglückwünschten ihn – ich nicht, da es mich furchtbar ekelte – und sagten, dass er ein Held wäre, da er endlich einem stadtbekannten Schläger gezeigt hatte, wo es lang geht. Am anderen Nachmittag kam es zu dem zuvor erwähnten Versuch. Zum Finale setzte ich die asiatische Beinklammer an ... und war wieder schwanger.

Während dieser Schwangerschaft fing es an zu kriseln in unserer Ehe. Er wusste, jetzt hat er mich in der Hand. Mit zwei Kindern würde ich ihn nie mehr verlassen. Er blieb freitags oft bis 3 Uhr morgens weg, worauf ich mich beklagte und mir dies verbat. Das machte ihm aber nichts aus, er ging trotzdem weg, wann und wie lange er wollte.

Vier Wochen vor dem errechneten Entbindungstermin gingen die Wehen los, nachdem ich zuvor Fenster geputzt und Vorhänge gewaschen hatte. Mein Ehemann sagte: »Das kann gar nicht sein, du bist mal wieder hysterisch!« Ich holte meine Mutter, welche mal wieder bemerken konnte: »Das werden wir auch alleine schaffen!« Also, im Krankenhaus angekommen, war ich inzwischen natürlich erfahrener und nicht mehr so zickig. Ich lag 24 Stunden in den Wehen und letztendlich wurde mein zweiter Wonneproppen Isabell am 15. Oktober 1971 mit der Saugglocke ans Licht der Welt geholt. Ich war total kaputt, vergaß vollkommen zu fragen, ob Junge oder Mädchen, war einfach nur happy, dass ich es wieder geschafft hatte. Die Hebammen und der Arzt beglückwünschten mich zu meiner tollen Mitarbeit. Der Ehemann wurde hereingeholt. Er flirtete mit den Hebammen und erklärte diesen, dass er für die Machart (sprich: Geschlechtsverkehr) früher nur einen Kaffee hätte bezahlen müssen und nicht das ganze Drumrum am Hals gehabt hätte. Betretenes Schweigen bei all uns Frauen. Keine sagte was. Mir war zum Heulen zu Mute.

Man vergisst ja schnell. Wieder zu Hause, war ich bald völlig ausgefüllt und liebte meine beiden süßen Kinder über alles. Das ganze Eheleben lief dann so là là über circa drei Jahre hinweg. Der

Ehemann ging natürlich weiterhin freitags alleine weg. Inzwischen fuhr er einmal jährlich mit Kollegen im Winter zum Skifahren und im Sommer ging's nach Locarno oder sonst irgendwohin. Ein Urlaub mit der Familie war nie drin. Er begründete dies mit zu wenig Geld und zu kleinen Kindern.

Gingen wir zusammen zum Tanzen, kamen Frauen an unseren Tisch und setzten sich ungeniert auf den Schoß meines Ehemannes. Mein Selbstbewusstsein sank immer mehr. Ich fühlte mich von ihm abhängig und akzeptierte alles, ohne Stopp zu sagen.

Um wieder ein wenig auf eigenen Füßen zu stehen, nahm ich einen Job in einer Boutique an, der mir sehr viel Spaß bereitete. Ich war glücklich, mein eigenes Geld zu verdienen und mir wieder schöne Kleider leisten zu können, ohne vorher gnädigst um Erlaubnis dafür bitten zu müssen.

Eines Tages kam eine Kundin zu mir in die Boutique. Sie ließ sich tausend Jeans von mir vorlegen. Ich rutschte auf den Knien vor ihr, um ihr die Hosenbeine abzustecken. Sie stellte sich vor: »Ich heiße Petra, und ich kenne auch Ihren Mann sehr gut!« Sie hatte lange rote Haare und behandelte mich total arrogant. Ich konnte mir dieses Verhalten nicht erklären, bediente sie aber sehr zuvorkommend, da ich ja unbedingt etwas verkaufen und für Umsatz sorgen wollte. Unermüdlich schleppte ich alles was sie verlangte her, rutschte auf dem Boden und überschüttete sie mit Komplimenten, nicht ahnend, was da vor sich ging. Misstrauisch wurde ich erst, als sie mir sagte, dass ich meinen Mann doch recht lieb von Petra grüßen solle. Natürlich richtete ich diesen Gruß nicht aus. Einige Tage vergingen und rein zufällig fand ich auf seinem Schreibtisch einen noch nicht abgesandten Brief mit dem Text: »Hallo Petra, wollte dich heute Abend besuchen, aber mein Klingeln verhallte in der Nacht, sei lieb gegrüßt, dein Manni!«

Schlagartig waren mir die Zusammenhänge klar. Eine Welt brach für mich zusammen. Ich wollte mich scheiden lassen. Mit meinen zwei Kindern aber war ich der Meinung, dies nicht alleine zu schaffen und blieb bei ihm. Nachdem er sah, dass ich keine Konsequenzen aus diesem Vorfall zog, wurde er immer dreister. Ich war nur noch ein heulendes Elend. Alle fanden mich toll, nur mein Ehemann meinte: »Wer schön ist, ist blöd, aber du bist wunderschön!«

Hätte er doch sein wahres Gesicht gleich am Anfang gezeigt, wie viel wäre mir erspart geblieben.

Ich war gerade dreißig Jahre alt, die Kinder waren sieben und vier. Plötzlich stieg eine unbändige Wut in mir hoch und ich schwor Rache!!

Heute ist mir klar: Der später von mir gewählte Weg war der dümmste und nervenaufreibendste. Korrekt wäre gewesen, ich hätte die Scheidung mit dreißig eingereicht und dann mein erotisches Erlebnis in Freiheit genossen. Nein, ich versuchte, Ehefrau, Mutter und Geliebte zu sein um so mein angekratztes Selbstbewusstsein aufzumöbeln. Das konnte nicht gut gehen, ich war völlig überfordert.

Aber eines nach dem anderen.

Der nächste Winter kam, die Herrenrunde plante wieder ihr obligatorisches Ski-Wochenende. Da kam mir die Idee: Wieso nur die Männer, wieso nicht auch wir Frauen? Also, beim nächsten Treffen mit dem Klub, meine Frage an die Weibsleute: »Wer geht mit mir Skifahren?« Die Sensation war perfekt. Fünf Frauen meldeten sich spontan und begeistert. Den Männern fiel die Kinnlade runter. Mit dieser Revanche hatte keiner gerechnet. Nun wurde geplant und unter viel Gelächter der Frauenwelt ausgelost, welcher Ort sich zum Skifahren am besten eignen würde. Die Wahl fiel auf Schruns in Österreich – übrigens, auch Hemingway war von Schruns begeistert. Es wurden Hotelzimmer reserviert, die Skiausrüstungen aufgepeppt und entschieden, wer mit wem im Auto fährt.

Als der Tag X kam, war mir nicht mehr so wohl zu Mute, ich kam mir ziemlich gemein vor meine Kinder bei meiner Mutter zu lassen, um mir ein Ski-Wochenende zu gönnen. Am liebsten hätte ich alles wieder rückgängig gemacht. Aber zurücktreten und kneifen konnte ich mir nicht erlauben, da die Männer sich sonst totgelacht hätten. Ich war Fahrerin und hatte zwei Beifahrerinnen. Mit einem lachenden und einem weinenden Auge winkte ich meinen Kindern und meiner Mutter zu und ab ging's ins Abenteuer.

So gegen 19 Uhr kamen wir in Schruns an. Meine Vorstellung war die, dass ein Hotelboy uns Koffer, Skier, Skistöcke und Skistiefel zum circa. fünfzig Meter entfernten Hotel tragen würde. Dem war nicht so, wir Frauen mussten alles durch den Schnee den Berg rauf selber schleppen. Total nass geschwitzt und abgekämpft kamen wir dann an. Inzwischen bereute ich schon, das Ganze überhaupt inszeniert zu haben. Nach einer erfrischenden Dusche und nett zurechtgemacht trafen wir uns dann alle zum Abendessen im Hotelsaal. Nach dem ersten Glas Sekt war die ganze ängstliche und ungewohnte Atmosphäre – ich war ja seit Jahren nie mehr alleine unterwegs – weggewischt, und wir fünf Frauen kamen aus dem Lachen über unseren Mammuteinzug im Hotel nicht mehr heraus. Nach dem Abendessen begaben wir uns in die Hoteldisko, und von da an war alles vergessen. Männer scharten sich um uns, wir wurden mit

Komplimenten überhäuft, der Charme sprühte und die Locken der Frauen flogen um die Wette. Die Tanzfläche gehörte uns. Was für ein Feeling. Fünf bisher brave Hausfrauen befanden sich in der großen weiten Welt.

Das Abenteuer näherte sich auch bald in Gestalt eines schwarzhaarigen jungen Mannes, gekleidet in Jeans und Pulli mit V-Ausschnitt ohne Hemd darunter. Schlank, groß, mit Oberlippenbart. Seine Zähne waren weiß, sein Lächeln zum Umfallen. Uns Frauen schlug das Herz bis zum Hals. Sehr nett, mit österreichischem Charme, lockerte er unsere ohnehin inzwischen relaxte Phase noch mehr auf. Spannung lag in der Luft. Er forderte mich zum Tanzen auf. Ich spielte voll die Coole. Es war, als ob sich zwei Pole gegenseitig anziehen. Die Chemie stimmte. Geredet wurde darüber natürlich nicht. Wir benahmen uns beide ziemlich ruhig und gelassen, aber alles nahm seinen Lauf.

Die restlichen drei Tage verbrachten wir Damen mit wenig Skifahren, viel an der Schneebar sitzen, Lachen und nächtelangen Diskobesuchen. Jede hatte inzwischen einen Typen gefunden, der eben so ganz anders war als der Angetraute. Um die Situation für mich unverfänglicher zu gestalten, hatte ich mit allen in der Warteschlange stehenden Männern geflirtet, und trieb ihn damit zur Weißglut. Er versuchte zwar, sich nichts anmerken zu lassen, aber man merkte, dass es in ihm rumorte. Am letzten Tag platzte ihm dann der Kragen und er stellte mich vor die Alternative, entweder mit ihm jetzt ins Tal in ein anderes Lokal zu gehen oder er würde auf Nimmerwiedersehen verschwinden. Nun, ich habe mich für die zweite Alternative entschieden. Er verließ das Lokal stolz erhobenen Hauptes. Ich blieb zurück, tanzte noch wilder und flirtete noch hemmungsloser. Im Stillen habe ich mir eingestanden, dass mich diese Entscheidung vor einer großen Dummheit bewahrt hat.

Am anderen Morgen war unser Abreisetag. Circa eine Stunde vor Verlassen des Hotelzimmers erreichte mich ein Anruf von ihm. Er wünschte mir eine gute Heimfahrt, und wenn ich mal Lust hätte, könne ich ihn anrufen. Er gab mir seine Telefonnummer und ich war mir bis dato ganz sicher, nie anzurufen. Ich rief aber tausendmal schneller dort an, als ich mir in diesem Moment vorstellen konnte.

Wir packten also unsere Koffer und stellten diese zum, wie wir annahmen, wieder beschwerlichen Abtransport im Foyer ab. Ich zog mir noch meine Moonboots an zwecks besserer Schneehaftung. Ich also wieder zurück an die Rezeption, wo gerade der Portier Aufklärung darüber gab, dass die Koffer und sämtliche Skiutensilien mit dem Schlitten zu Tal gebracht werden würden. Hocherfreut raste ich wieder zu meinem Koffer, zog mir die Moonboots aus und die Hochhackigen an. Alldieweil ich mir dachte, wenn die Koffer sowieso mit dem Schlitten abtransportiert werden – ich hatte natürlich die Vorstellung von einem Pferdeschlitten –, kann ich mit meinen Hochhackigen auch auf dem Pferdeschlitten sitzen und bin für den Fall, dass mein Verehrer mich im Tal erwartet, noch ladylike angezogen. Schlau wie ich bin, sagte ich dies auch den anderen Damen. Allgemein anerkennendes Geraune. Auf unsere Frage an den Portier, wo der Schlitten stehe, sagte dieser, dass die Schlitten (Mehrzahl) vor dem Hotel stünden. Das machte mich hellhörig. Als wir dann geschwind rausgingen, standen sie tatsächlich da, aber es waren zwei Kinderschlitten. Meine Pupillen wurden so groß wie zwei Murmeln. Alle Frauen schrieen vor Lachen, und ich dann, nach anfänglichem Unglauben, natürlich auch. Koffer wieder auf, Hochhackige rein und Moonboots wieder angezogen. Der Hausbursche packte dann ganz geschickt alle unsere Koffer darauf, hakte an jeden Finger die Schnalle eines Skistiefels und runter ging's ins Tal, von laut schallendem Gelächter der Damenmannschaft begleitet. Wir stellten uns vor, welche Länge die Finger des Hausburschen bei der Ankunft im Tal hätten und konnten vor lauter Lachen kaum mehr gehen.

Unten im Tal angekommen schnell alles im Auto verstaut, Licht eingeschaltet, da es sehr neblig war, Autoradio voll aufgedreht, alle eingestiegen, kurzfristig entschieden, noch einen Jägertee zu trinken, und ab ins nächste Kaffee. Zuvor noch alle Autotüren fest verschlossen. Ich meine Fahrertüre nicht mit dem Schlüssel, nur Knopf eingelockt und von außen zugeknallt. Nach circa anderthalb Stunden waren wir dann zum endgültigen Abschiednehmen bereit. Singend marschierten wir ans Auto und stellten fest, dass das Autoradio lief, das Licht brannte, der Autoschlüssel im Schloss des Armaturenbretts steckte und alle Türen brav verschlossen waren. Ersatzschlüssel war natürlich keiner vorhanden. Panik und Hektik kam auf. Wie öffnen? Was ist mit der Batterie? Wen zum Helfen holen?

Nun, wer wurde nach gemeinsamer Abstimmung zum Retter erkoren? Er! Die Telefonnummer wurde von mir hervorgekramt und gewählt. Es meldete sich Stefan persönlich und selbstverständlich bot er seine Hilfe an, als ich ihm erklärte, in welcher Notsituation wir uns befanden. Er kam mit seinem Bruder. Lachte bis über beide Ohren und nannte uns »verrückte Weiber«. Innerhalb von fünf Minuten war die Fahrertüre – durch Fensterscheibe runterdrücken – wieder auf. Wir atmeten auf, Freude war angesagt. Die Batterie war nicht leer. Jetzt Verabschiedung, es ging nicht anders, wir küssten uns. Von da an war ich leicht vernebelt, wie das Wetter. Der Abschied vom Skiwochenende fiel mir auf einmal sehr schwer. Ich hatte mich doch eigentlich nur ein bisschen emanzipieren wollen, um endlich ein Gefühl der Freiheit zu empfinden. Jetzt war alles noch schwerer. Ich hatte mich von jetzt auf nachher in einen fremden Mann verliebt. Ich mochte seine unkomplizierte, lustige und ungezwungene Art mit den Menschen umzugehen. Ich bewunderte sein Lächeln, seine weißen Zähne, seine schwarzen Haare, seinen Körper und seine Lippen.

Die Heimfahrt war von Melancholie geprägt. Neben dem Autofahren träumte ich vor mich hin. Mein Herz war schwer und doch so leicht. Zu Hause angekommen, warteten unsere Ehemänner schon auf uns. Es war wie ein Schnitt mit dem Messer, der meine Traumwelt durchtrennte. Mein Ehemann fing sofort an zu nörgeln. Ich registrierte plötzlich ganz klar sein Verhalten. Meine ganzen Handlungen geschahen wie in Trance. Glücklich war ich auf der einen Seite meines Herzens erst, als ich meine Kinder und meine Eltern wieder sah.

Mit seinen Giftpfeilen machte mir mein Ehemann das Leben in den nächsten Tagen unerträglich. Mein Herz war gespalten, mein Gewissen hin- und hergeschüttelt zwischen Glück und Selbstvorwürfen. So verliefen die nächsten Wochen. Telefonieren mit Stefan verbot ich mir, weil ich mir sagte, es darf nicht sein. Du musst das Hier und Jetzt akzeptieren und damit leben. Keinem erzählte ich, was passiert war und wie schwer mir ums Herz war. Ich tat meine tägliche Pflicht, liebte meine Kinder und meine Eltern. Aber ich wusste, meinen Mann, der immer aggressiver und unausstehlicher wurde, liebte ich nicht mehr. Aber das durfte eben nicht laut ausgesprochen werden, da sonst die ganze Scheinidylle aufgeflogen wäre. Die kommenden Wochen und Monate verbrachte ich eingebunden im täglichen Allerlei und hatte mir alles wieder so zurechtgelegt, dass ich normal funktionierte. Auch im Bett mit meinem Ehemann.

Eines Nachmittags klingelte das Telefon. Erstarrt und gleichzeitig aufgewühlt hörte ich die Stimme von Stefan. Er wollte wissen, wie es mir ginge und wann ich mal wieder nach Schruns kommen würde. Ich erklärte ihm meine Situation. Er war traurig und ich auch. Von da an telefonierten wir regelmäßig miteinander. Er wurde zu meinem Kummerkasten. Panik hatte ich an jedem Telefonabrechnungstermin, da ich Angst hatte, dass die Auslandsgespräche sich nachhaltig in der Telefonrechnung niederschlagen würden. So lief dann alles für mich einigermaßen zufrieden stellend, ich konnte mit ihm reden, mein tägliches Leben war nicht beeinträchtigt und ich musste kein enorm schlechtes Gewissen haben.

Bis mich der überwältigendste Schmerz meines bisherigen Lebens traf. Mein Vater verstarb am 23. Juni 1978.

Mein einziger männlicher Halt war weg.

Meine Mutter und ich liefen wie Klagefrauen in Trauerkleidung mit vom Weinen geröteten Augen umher und versuchten, das Geschehene zu realisieren.

Ich konnte mich nicht ablenken, immer wieder rief ich mir den Moment seines Todes in Erinnerung und den Schmerz, den meine Mutter und ich empfanden. Wir konnten nichts unternehmen um diesen zu verhindern.

Trauer machte sich im Hause breit und verdrängte alle anderen Gefühle.

Am Tag der Beerdigung meines Vaters geschah Folgendes:

Die ganze Verwandtschaft aus Stuttgart traf ein. Normalerweise hätte ich mich sehr darüber gefreut, aber ich war leer. Voll gestopft mit »Adumbran« lief alles wie im Film ab. Die Regung im Inneren und nach Außen war unter Kontrolle. Der Schmerz im Herzen aber war auch durch »Adumbran« nicht zu betäuben. So stand ich am Grabe meines Vaters zwischen meiner Mutter und meinem Ehemann. Dieser wollte mich wie eine alte Frau am Arm unterhaken – wahrscheinlich, um der ganzen Trauergemeinde zu demonstrieren, was er doch für ein fürsorglicher Ehemann wäre. In diesem Moment kroch eine unbändige Wut, ausgelöst durch den nicht wegzuwischenden Schmerz, in mir hoch und ich schlug seinen Arm weg. Mir fiel sofort ein, was er am Tag des Todes meines Vaters am Telefon zu mir sagte, als ich ihn aus dem Krankenhaus anrief, um ihm den Tod mitzuteilen. Er meinte, jetzt wäre es schon passiert, jetzt brauche er auch nicht mehr zu kommen. Wie hatte ich gehofft, er würde kommen, mich in die Arme nehmen und mir Trost spenden. Auch diese Enttäuschung hatte ich, wie so viele zuvor, geschluckt. Doch jetzt, hier am Grab meines geliebten Vaters, passierte alles in Sekundenschnelle Revue. Nach der Beerdigung konnte ich nicht mit der Trauergemeinde zusammensitzen, ich musste nach Hause und in aller Stille trauern.

Die Testamentsvollstreckung war ca. sechs Wochen später. Bis dahin vegetierte ich mehr schlecht als recht dahin. Ich konnte den Verlust nicht verarbeiten und verdrängte ihn, da dies die einzige Möglichkeit für mich war, nicht zu verzweifeln.

Der Notar erwartete uns bereits, meine Mutter, meinen Ehemann und mich. Es wurde eröffnet, dass es eine Erbengemeinschaft geben würde, bestehend aus meiner Mutter und mir. Der Notar machte mich darauf aufmerksam, dass auch mein Ehemann in diese Erbengemeinschaft aufgenommen werden könne. Dies war für meinen Mann sofort der Anlass, aufzustehen und vorzutreten. Er hatte sich für diesen Anlass extra seinen nachtblauen Nadelstreifenanzug mit einem weißen Hemd angezogen. Ich saß mit meiner Mutter in tiefschwarzen Klamotten und total zusammengesunken da. In dem Moment als er vortrat, erwachte ich aus meiner Lethargie und meine Antennen stellten sich auf. Warum ich damals so clever und selbstständig war, weiß ich bis heute nicht. Ich bemerkte nur ganz trocken, dass ich nicht damit einverstanden wäre und begründete dies – welcher Vorausblick – damit, dass ich ja nicht wisse, wie das Leben spiele und ich deshalb unser Haus als meine Rente ansähe. Die Augen meines Ehemannes waren zornerfüllt, er fand das nicht gut. Beim Unterzeichnen des Vertrages kam ich mir zum ersten Mal in meinem Leben sehr selbstbewusst vor, da meine Mutter und ich als Einzige unterschreiben mussten und er nur daneben saß. Sonst war es immer umgekehrt. Auf der Fahrt nach Hause musste ich mir anhören, dass er ab sofort für dieses Haus nichts mehr tun würde. Ich akzeptierte dies und freute mich, so stark gewesen zu sein. Nun ging die Aufrechnung seinerseits los. Es war kaum mehr auszuhalten.

Diese ganze Aufrechnungsphase durchlitt ich parallel zu meinem Schmerz über den Verlust meines Vaters. Damals dachte ich, ich müsste nie mehr wieder einen solchen seelischen Schmerz verarbeiten. Dass meine Mutter ja auch sterben könnte, daran habe ich keine Sekunde gedacht. Für mich war dies der Endstand, ich dachte, ich hätte nur noch ein Problem zu lösen, nämlich das mit meinem Ehemann.

Um dieses Problem zu lösen musste ich mich selbstständig machen, das war mir klar. Der Zufall wollte es, dass ich einen Job angeboten bekam in der Verwaltung der Bundeswehr. Ich griff sofort glücklich zu. Es war ein Halbtagsjob und der erste Schritt in meine Selbstständigkeit. Meine Aushilfstätigkeit in der Boutique gab ich auf. Eigentlich leichten Herzens, da ich froh war, vor niemandes Knien mehr herumrutschen zu müssen und endlich wieder in ein fest abgesichertes Arbeitsverhältnis aufgenommen zu werden.

Im Februar 1978 war es wieder soweit, das gemeinsame Herrenwochenende zum Skifahren wurde vorbereitet. Die Damen, nicht einmal ich, forderten lautstark wieder ihr gleiches Recht. Und so geschah es. Ich gab unsere Ankunft nach Schruns durch. Nur war ich inzwischen schon so im täglichen Überlebenskampf eingebunden, dass ich mir davon nicht mehr viel versprach.

Mit großem Heimweh nach meinen Kindern und meiner Mutter kam ich mit all den anderen Frauen in melancholischer Stimmung in Schruns an.

Aber wie ein Jahr zuvor waren alle Sorgen und Ängste in dem Moment verflogen, als ich Stefan wieder sah. Der ganze Kummer war weggewischt, als ich sein Lächeln und die Freude über unser Wiedersehen in seinen Augen erblickte. Wann hatten mich zwei Augen das letzte Mal so angesehen? Ich wusste es nicht mehr. Aber ich spürte, dass ich in diesen drei Tagen alles vergessen würde, was mich belastete.

Am zweiten Abend ging ich mit ihm auf sein Zimmer. Nach diesem Liebesakt wusste ich, dass ich bislang in meinem Leben sehr viel verpasst hatte. Er war ein Liebhaber wie eine jede Frau ihn sich einmal im Leben wünscht. Ich hatte bis dato nie geglaubt, dass es so was gibt und deshalb auch kein Verlangen danach gehabt. Nach dieser ersten Liebesnacht wusste ich, was Verlangen überhaupt ist. Voll Zärtlichkeit und Liebe lagen wir eng umschlungen aneinander geschmiegt. Ich wollte nicht mehr ins Hotel zurück. Es war mir klar, was die anderen Frauen von mir dachten, aber es war mir egal, ich war glücklich.

Am frühen Morgen bin ich dann aufgestanden, habe in den Spiegel geschaut und gedacht, dass ich es mir niemals hätte vorstellen können, ungewaschen und ungeschminkt bei einem anderen Mann aufzuwachen, aber es war so. Ich hatte Angst, nach dieser Nacht Falten zu haben – ich war gerade 33 Jahre alt –, aber es waren keinerlei Falten zu erblicken, im Gegenteil, ich sah glücklich und zufrieden aus. Ich war stolz, bei einem Mann sexuell so erregt gewesen zu sein und auch die Erfüllung gefunden zu haben. Bei meinem Ehemann hatte ich öfter das Gefühl, frigide zu sein. Ab sofort wusste ich, dass ich von Frigidität weit entfernt war. Ich verließ ihn mit einem Kuss, und er war traurig.

Auf dem Weg zum Hotel musste ich dauernd den Kopf schütteln, ich konnte nicht glauben, dass mir das passiert war. Ich schlich mich leise auf mein Zimmer und meine Zimmerkollegin fragte mich, ob ich auch schon käme. Ich sagte: »Ja«, und damit war der Fall für mich erledigt. Ich legte mich neben meine Skikollegin und schnupperte an mir nach seinem hinterlassenen Duft ... köstlich! Beim Frühstück mit den anderen Frauen waren zwar alle etwas misstrauisch, aber gesprochen wurde darüber nichts. Wir machten dann einen Bummel durch Schruns und ich lächelte still vor mich hin. Natürlich trafen wir ihn auch. Er hielt mit dem Auto an, lächelte sein Strahlelächeln und gab mir ein Bussi auf die Wange. Oh là là, da wurde kombiniert.

Am Abend gingen wir wieder in die Disko, jedoch war bei mir die Stimmung anders als sonst. Ich wartete nur auf einen, und er kam auch. Wir setzten uns auf die Bank hinter der Bar und hielten Händchen. Es tat so gut. Nach einer weiteren heißen und verrückten Liebesnacht war dieses Wochenende vorbei. Die Koffer wurden gepackt und ab ging es Richtung Heimat. Ich nahm noch liebevoll Abschied von meinem »Liebhaber«.

Über die ganze Fahrt nach Hause träumte ich nur von ihm, mein Herz war so leicht und so glücklich. Ich war so stolz, dass ich es geschafft hatte, mich aus dem Käfig meiner inzwischen so lieblos gewordenen Ehehölle zu befreien. Ich hatte wieder, wie schon lange nicht mehr, ein Glücksgefühl in mir, das einfach daraus resultierte, anerkannt, geliebt und begehrt zu werden. Ein schlechtes Gewissen hatte ich überhaupt nicht mehr. Ich wusste, mit dieser Kraft in mir war ich wieder fähig, meinen alltäglichen Aufgaben gerecht zu werden. Endlich daheim traf ich zwei strahlende Kinder und eine glückliche Mutter, die spürte, dass auch ich wieder glücklich war, sowie einen übel gelaunten Ehemann an. Die Übellaunigkeit machte mir nichts mehr aus, ich strahlte. Wenn ich zum Einkaufen fuhr, drehte ich das Radio auf volle Lautstärke auf und barst fast vor lauter Tatendrang.

Nach ein paar Tagen schlug die Stimmung um. Die Gedanken kamen. Was macht er in Schruns? Hat er eine andere Frau? Eifersucht kam auf. Telefonate folgten. Er lachte und sagte: »Nein, es gibt keine andere Frau, nur dich!« Zweifel, Misstrauen und die Einsicht, einen zehn Jahre jüngeren Mann als verheiratete Frau mit zwei Kindern nicht halten zu können. Ich versprach ihm, mich scheiden zu lassen. Er war glücklich und sagte, wir sollen zu ihm nach Schruns kommen. Das Finanzielle wäre kein Problem.

Das Schlimmste für mich war die eheliche Vereinigung. Das Programm musste ja in gewohnter Weise fortgesetzt werden. Bei jedem Liebesakt dachte ich an meinen Geliebten, wünschte und stellte mir vor, er wäre es. Manchmal törnte mich dies an, manchmal war ich dem Heulen und Gestehen nahe. Manchmal, bei schlechter Seelenlage war ich so weit, meinem Ehemann beim Liebesakt eine zu scheuern oder ihn herunterzuwerfen. Es war schlimm.

Ich hatte nur einen Gedanken: Wie kann ich es anstellen, mich mit ihm zu treffen und mit ihm zu schlafen? Tausend Möglichkeiten dachte ich mir aus. Zum Beispiel Wohnwagen mieten und sich dort treffen. Hotelzimmer mieten und sich dort treffen. Er zu mir nach Deutschland kommen und sich im Auto treffen. Ich konnte hin und her sinnieren wie ich wollte, es mangelte immer an der Zeit. Wie hätte ich es erklären sollen, einen Tag von zu Hause weg zu sein. Ein so großes Schwein, dass ich es einfach tat, war ich nicht. Im Herzen hin- und hergerissen, Verstand und Gefühle in Panik. Die Telefongespräche mit ihm wurden auch immer hektischer. Misstrauen auf beiden Seiten.

Irgendwann wurde dann ein gemeinsames Ski-Wochenende mit den Ehemännern geplant. Ich war wieder glücklich, dachte ich mir doch, das ist die Gelegenheit Stefan wieder zu sehen. Er kam auf telefonische Absprache in das Lokal, in dem sich der Skiklub aufhielt. Ich ging raus zu ihm, wir blickten uns nur an und die ganze Ausweglosigkeit unserer Beziehung war uns beiden in diesem Moment klar. Das Treffen dauerte circa drei Minuten, dann musste ich wieder ins Lokal zurück, um nicht aufzufallen. Ich hatte mich so gefreut, ihn wieder zu sehen.

Auf dem Berg beim Skifahren nützte ich jede Hütte aus, von der ich telefonieren konnte. Ich bat ihn, auf mich zu warten, er sagte, dass er dies machen wolle, ich solle mit den Kindern zu ihm nach Österreich ziehen. Allein dieser Gedanke, das alles in Kürze durchziehen zu müssen, löste in mir Panik aus.

Beim Heraustreten aus der Telefonzelle war ich jedes Mal so verwirrt und von Angst erfüllt, mein Ehemann könnte meine Gedanken lesen oder hätte mich beim Telefonieren gesehen. So war ich froh, als wir wieder heimfuhren. Von zu Hause aus konnte ich dann wenigstens in gewisser Ruhe telefonierten.

Mein Pudel Amber bekam Krebs. Dieser Kummer lenkte mich mal wieder von meiner persönlichen Situation ab. Besuche beim Tierarzt, Operationen, die ihn retten sollten, all diese Entscheidungen waren jetzt wichtiger. Alles half nichts, mein treuer Weggefährte musste eingeschläfert werden. Ich brachte ihn zum Tierarzt, konnte aber beim Einschläfern nicht dabei sein, meine Mutter übernahm die Rolle der Begleitung in den Tod. Hinterher verdrängte ich die Gedanken, indem ich mir zwei Cognacs einbaute. Ja nicht mehr überlegen, was das Leben an sich ist. Um die Trauer um Amber für uns erträglich zu machen und um uns alle abzulenken, kaufte sich meine Mutter einen kleinen Pudel namens Gino.

Mein Ehemann lehnte diesen Hund von Anfang an ab.

Ein paar Monate später plante er wieder einen Wochenendausflug mit seinen Freunden. Das war für mich die Chance, die Suche nach dem Glück wieder aufzunehmen. Und dieses Glück sah ich in

Schruns. Dieses Glück wollte ich nicht alleine erleben und nahm meine Kinder und meine Mutter sowie ihren Pudel Gino mit nach Schruns. Wir stiegen in einem First-Class-Hotel ab, und schon im Parkhaus ging die Hektik los. Meiner Tochter Alexandra knallte der Koffer auf und alle Utensilien lagen verstreut auf dem Parkhausboden. Der Lift kam, alle schnell rein. Hund, meine Mutter, Alexandra, Isabell, Koffer und dann ich, in dieser Reihenfolge. Oben im Foyer angekommen, will kleine Tochter Isabell als Erste raus, fliegt über die Koffer, Hund will auch schnell raus, fliegt über die Koffer und Isabell. Gelächter an der Rezeption über unseren Auftritt. Ich hatte auf einmal das Gefühl, alle Leute würden mir anmerken, mit welcher Absicht ich hergekommen bin, und ich schämte mich. Doch keiner konnte ja meine Absicht wissen, weder die Leute, noch meine Mutter, noch meine Kinder. Nachdem wir unsere Zimmer bezogen hatten, begaben wir uns nach unten, um im Hotel das Nachtmahl einzunehmen. Alle hatten wir uns hübsch gemacht. Isabell trug weiße Bermudas mit rosa Poloshirt. Das von ihr bestellte große Spezi stand höchstens eine Minute auf dem Tisch, dann fiel es um auf die Tischdecke und über Isabells Bermudas. Am Ende des Essens hatte ich Saucenspritzer auf der Bluse. Unser Hund Gino rannte beim Verlassen des Hotels gegen die Glasscheibe der Eingangstüre. Total irritiert, wie er war, pisste er dann noch im Foyer gegen einen Holzbalken. Wir mussten alle lachen, doch in mir regte sich das Gefühl, dass es in der von mir beabsichtigten Art und Weise doch nicht rechtens war.

Wir gingen auf unsere Zimmer und ich traute mich nicht, dieses zu verlassen um zu ihm zu gehen.

Beim Frühstück am anderen Morgen ging es gleich wieder turbulent zu. Ich wollte Zitrone in meinen Tee pressen und spritzte mir dabei den Zitronensaft ins Auge. Höllisches Brennen und die ganze Schminke lief davon. Als die Tränen getrocknet waren und das Make-up wieder einigermaßen saß, wollte ich das eben aufgeschlagene weich gekochte Ei noch testen und roch daran. Zu nahe, denn das Eiweiß zog ich mir beim Einatmen die Nase hoch. Husten und Aufmerksamkeit bei den anderen Gästen. Damit nicht genug, plötzlich sah ich eine graue Maus über den Teppichboden flitzen. Mein erster Gedanke war: Jetzt bis du vollends mit den Nerven fertig. Ich schaute weg und ignorierte das Gesehene, weil ich wirklich dachte an Halluzinationen zu leiden. Aber nachdem ich sah, dass der Kellner in Schräglage die Maus ebenfalls mit den Augen verfolgte, wusste ich, dass ich doch noch nicht reif für die Irrenanstalt war. Nach diesem Frühstück mit Missgeschicken machten wir einen

Bummel durch Schruns. Ich führte unseren Pudel Gino an der Leine. An einem wunderschönen Rondell mit Gras und herrlichen Blumen machte unser Pudel Rast. Mir schwante schon Peinliches. Unfairerweise drückte ich meiner Tochter Alexandra die Leine mit unserem Hund daran in die Hand. Das Malheur passierte. Unser Pudel kackte ins Gras. Alexandra war ziemlich verzweifelt und ich Rabenmutter tat so, als ob mich das gar nichts angehen würde, da ich ja Angst hatte, mein Geliebter würde mich mit scheißendem Hund sehen. Zu allem Unglück musste sich Alexandra auch noch einen Rüffel eines älteren Herrn einholen, der dies shocking fand. Schnell spurteten wir ins Hotel zurück und vergnügten uns den Tag über am Hotelpool.

Abends ging ich dann mit unserem Hund Gino alleine Gassi und nahm die Gelegenheit wahr, ihn zu sehen. Ich hatte mir fest vorgenommen, seine Umarmungen mit Leidenschaft zu empfangen und ihm meine ganze Liebe zu geben. Aber es ging nicht. Ich konnte nicht abschalten, hatte ein schlechtes Gewissen und meine Gedanken waren bei meinen Kindern und bei meiner Mutter. Ich fühlte mich miserabel und dreckig. Wir verabschiedeten uns. Beiden war klar, dass dies ein Abschied für immer sein würde. Am anderen Tag verließen wir Schruns und ich war froh, wieder nach Hause in geregelte Bahnen zurückkehren zu können. Ich war froh, der Sünde widerstanden zu haben. Mein Herz war hin- und hergerissen. Es folgten noch einige Telefonate, die auch keine Lösung brachten.

So fand ich mich mit meinem Schicksal ab und gab mir die größte Mühe, wieder eine gute Ehefrau zu sein. Aber es war wie verhext, je mehr ich mich bemühte, lieb und nett zu sein, umso mehr machte mich mein Ehemann fertig. Er benutzte jede Gelegenheit mich zu demütigen. Egal vor wem. Hauptsache, er hatte mich klein gemacht. Waren wir eingeladen, bemerkte er vor versammelter Mannschaft, nachdem er sich vorher angetrunken hatte: »Meine Frau fickt mit einem Österreicher!« Durch mein schlechtes Gewissen ließ ich so ziemlich alles mit mir machen und war nur noch am Heulen. Ich bekam keinen Trost mehr von meinem Geliebten, da wir nicht mehr miteinander telefonierten. So musste ich diese Sache alleine durchstehen. Aber ich wusste, ich werde irgendwann die richtige Entscheidung treffen können.

Ich habe dann noch versucht, durch einen gemeinsamen Urlaub – den ich zur Bedingung machte – mit meinem Ehemann und den Kindern die Harmonie zwischen uns zu erneuern und zu festigen. Es war vom Anfang bis zum Ende ein Chaos. Er lief nur machohaft herum und gab Befehle, wie wir uns zu benehmen hätten. Als wir wieder zu Hause waren, ging ich aufs Ganze. Ich ließ mir überhaupt nichts mehr gefallen. Meine Ergebenheit war beendet. Ich ging zum Aerobic und gelegentlich auch zum Tanzen mit Freundinnen. Es gefiel ihm nicht, aber er ging inzwischen auch wieder alleine weg. Die Nächte an seiner Seite waren schrecklich. Noch nie zuvor hatte ich mich so einsam gefühlt.

Versuchte ich, meinen Mann darauf aufmerksam zu machen, dass es so nicht weitergehen könne, gab er mir zur Antwort: »Du bist reif für die Irrenanstalt!«

An einem Donnerstag vor Fasching hatten wir im Amt eine kleine Veranstaltung, die ich auch besuchte. Gegen 18 Uhr kam in mir der Wunsch auf, nach Hause zu gehen und ihm zu sagen, dass ich ihn noch liebe und wir sollten es doch noch einmal in Liebe miteinander versuchen. Ich kam zu Hause an, er war noch da und wollte gerade zum Tennisspielen gehen. Ich habe ihm dies alles gesagt und ihn gebeten, er möge doch hier bleiben, wir könnten zusammen zärtlich sein und vielleicht miteinander schlafen. Murrend zog er sich aus, fickte (Entschuldigung) mich kurz ab, zog sich wieder an und weg war er. Ziemlich enttäuscht ging ich zu meiner Mutter und fragte sie, ob sie nicht mit mir noch ein Glas Wein trinken würde. Natürlich tat meine über alles geliebte Mutter dies gerne für ihre Tochter. So saßen wir in unserer Wohnung, tranken eine Flasche Wein zusammen und rauchten auch einige Zigaretten. Gegen 23 Uhr kam mein Ehemann zurück. Meine Mutter stand sofort auf und verabschiedete sich. Nachdem sie die Wohnung verlassen hatte, sagte mein Ehemann in barschestem Ton zu mir: »Wenn ihr wieder rauchen und saufen wollt, dann tut dies bei ihr und verstinkt mir nicht meine Wohnung, und wenn dir das nicht passt, dann musst du halt gehen!«

Ich flippte nach dieser Aussage von ihm aus und schrie: »Dies ist das letzte Mal gewesen, dass du mich so gedemütigt hast, und wenn einer gehen muss, dann du! Ich werde morgen zum Rechtsanwalt gehen und die Scheidung einreichen!« Er ging grollend zu Bett in der Annahme, dass ich mal wieder meine hysterischen Anfälle hätte, und ich war mit den Nerven fix und fertig.

Am anderen Tag nach Arbeitsschluss bekam ich einen Termin beim Rechtsanwalt. Ich reichte die Scheidung ein.

Ich wusste nicht, was er tagsüber machte, aber er kam jede Nacht zum Schlafen ins Ehebett zurück. Ich wurde beinahe wahnsinnig bei diesem Zustand. Ich konnte nicht mehr abschalten und auch nicht mehr schlafen. Ich hatte Angst vor ihm, vor meiner ungewissen Zukunft und vor allem. Ich traute mich nicht mehr wegzugehen aus Angst, dass meinen Kindern etwas geschehen würde. Das Spiel ging vier Wochen in dieser Art und Weise. Ich wusste inzwischen, dass er sich eine Wohnung gemietet hatte und dabei war, diese einzurichten.

An einem Freitagabend war es soweit, ich konnte nicht mehr, ich wusste, dieses Spiel geht weiter. In einem Moment, als er seine Jakke ablegte, entwendete ich ihm die Wohnungs- und Haustürschlüssel, stellte ihm seine Matratze, Bettdecke und Kissen vor die Wohnungstür und sagte ihm klipp und klar: »Jetzt ist es aus mit dem Psychospiel. Bleib in deiner Wohnung, die du schon eingerichtet hast.« Er war so perplex, dass er tatsächlich die Sachen packte und verschwand.

Danach kam für mich eine schreckliche Zeit. Nächtelang sinnierte ich darüber nach, warum es so weit gekommen war. Ich gab mir die Schuld. Die Affäre in Schruns hat alles verursacht, redete ich mir ein. Ich vergaß, wie er sich mir gegenüber vor der Affäre benommen hatte. Ich sah nur meine Fehler als Grund für das Scheitern unserer Ehe.

In meiner Verzweiflung tapezierte, lackierte und strich ich so ziemlich alles in der Wohnung in neuen Farben, um nur ja beschäftigt zu sein. Circa zwei Wochen nach seinem Auszug war Ostern. Ich stand auf der Leiter und strich. Es klingelte an der Haustüre. Meine Kinder öffneten und siehe da, der Herr Papa stand frisch geschniegelt und gebügelt da und überbrachte die Ostergeschenke. Mit einem süffisanten Lächeln kam er zu mir und tätschelte meinen Po. Ich war nahe daran, ihm meinen Farbpinsel über das Gesicht zu ziehen. Hätte ich es doch nur getan, denn wie sich später herausstellte, kam über Ostern seine Freundin zu ihm, die er schon längere Zeit hatte. Wie lange, weiß ich nicht. Ich blöde Kuh hatte die ganze Zeit nichts davon gewusst und auch nichts gemerkt. Er hatte mich belogen und betrogen, während ich um meine Ehe kämpfte. Nicht ich hatte die Ehe zuerst gebrochen, er war es. Ich hatte nur gewusst, ich brauche Hilfe und bin deshalb in diese Affäre gerannt. Er hingegen hat mich eiskalt ins Messer laufen lassen.

Diesen Frust und Schmerz zu verkraften hat mich derart viel Kraft und Mühe gekostet, dass ich manchmal glaubte, es nicht mehr zu schaffen. Jeder Arbeitstag bedeutete für mich eine enorme Kraftanstrengung. Ich schleppte mich ins Büro und war den neugierigen Blicken meiner Kolleginnen und Kollegen ausgesetzt. In meinem Gesicht waren die Trauer, die Enttäuschung, die Angst vor dem Ungewissen und der Makel, in Scheidung zu leben, eingebrannt. Ich sah zehn Jahre älter aus. Die Augen waren verquollen vom vielen

Weinen. Ich war mir sicher, niemals wieder einen Mann zu finden, der mich Wrack anziehend finden würde. Diese Gedanken versetzten mich immer mehr in Panik. Ich ging zum Beispiel an einem Freitag vor einem Feiertagswochenende zum einkaufen, ich musste ja meine Kinder versorgen und bekochen. Ich hatte zwei Plastiktüten voll mit Lebensmitteln und was man sonst noch braucht eingekauft. Als ich vor dem Haus alles aus dem Kofferraum holen wollte, stellte ich fest, dass nichts darin war. Wo ich in meiner geistigen Umnachtung diese beiden Tüten vergessen habe, weiß ich bis heute noch nicht. Ich ging nicht mehr aus, sinnierte nur nächtelang zu Hause herum. Wollte jedem meiner Angehörigen mein Leid klagen. Keiner wollte es mehr hören. Ich war kurz vor dem Durchdrehen.

In dieser Phase tiefster Verzweiflung traf ich einen alten Bekannten. Ich schüttete ihm mein Herz aus und er gab mir die Adresse einer Wahrsagerin. Eine Woche später war ich bei dieser Frau. Diese Frau sagte mir klipp und klar auf den Kopf zu, was alles war. Ich sagte und erzählte kein Wort, aber alles was sie mir aus meiner Vergangenheit erzählte, war exakt wiedergegeben, als ob es mir auf der Stirn geschrieben stünde. Dann kam die Zukunft. Sie sagte mir, dass ich einen sieben Jahre jüngeren Mann kennen lernen würde, der geschieden wäre und einen Sohn hätte, diesen Mann würde ich heiraten. Ich würde diesen Mann kennen lernen und mich sofort verlieben. Mein Gegenargument, dass ich mit Sicherheit keinen jüngeren Mann mehr nehmen würde, und schon gar nicht könne ich mir vorstellen, dass ich mich nochmals verlieben würde, wischte sie weg mit den Worten: »Warten Sie es mal ab, er steht bereits hinter Ihnen.« Als ich die Sitzung verließ, war ich ziemlich durcheinander, aber auch dank der eigentlich guten Zukunftsprognosen wieder hoffnungsvoller. Es ging wieder aufwärts mit mir.

Ungefähr sechs Wochen später ließ ich mich von einer Freundin überreden, doch mal mit ihr in ein Tanzlokal am Bodensee zu gehen. Ich hatte zwar Angst davor, eine Niederlage zu erleben, doch sah ich es auch als Mutprobe an, ob ich überhaupt noch fähig wäre, alleine etwas zu unternehmen. Ich bemühte mich, mich nett herzurichten – im Grunde genommen aber war es mir egal, wie ich aussah, ich wollte nur mal wieder unter lustigen Menschen sein, ein Gläschen Wein trinken und ungestört eine Zigarette rauchen.

Es fing dann recht nett an. Mich holte ein Mann zum Tanzen, der sich als Mr. Nobody vorstellte. Ich musste lachen und dachte mir, dieser Mann ist einer von der harmlosen Sorte, die sich interessant machen wollen. Genauso war es auch. Er lud mich noch am selben Abend zu einem Urlaub nach Lugano ein. Ich musste viel lachen und kam mir wieder begehrt vor. Er wollte mich unbedingt wieder sehen, und ich gab ihm dann auch meine Telefonnummer, um ein bisschen Würze in mein Leben zu bringen. Wir trafen uns dann auch ab und zu zum Kaffee trinken, er war immer sehr nervös – so nervös wie ich, wenn ich mit einem Mann zusammen war, der mir gefiel. Das förderte mein Selbstbewusstsein. Ich spürte auf einmal, dass ich ja frei war und machen konnte, was ich wollte, dass ich noch Chancen hatte und mehr wollte ich nicht. Ich merkte natürlich, dass er mit mir ins Bett gehen wollte, aber das wollte ich nicht. So zog sich das Spiel über einen längeren Zeitraum hin. Fast täglich rief er mich im Büro an und sang mir vor »I just call to say, I love you …«. Ich empfand dies als sehr schmeichelhaft und nahm es als kleinen Rettungsanker in dem momentan verlaufenden Scheidungswirrwarr.

Am 27. April 1985 wurde ich vierzig Jahre alt. Die Feier fand unter lauter Frauen statt und ich dachte mir, vielleicht wirst du ab jetzt nur noch mit Frauen feiern.

Kurz darauf feierte mein Ex-Ehemann seinen einundvierzigsten Geburtstag. Er kam um die Kinder abzuholen. Es war ein Sonntag und ich blieb ganz alleine in der Wohnung zurück. Das heulende Elend überfiel mich. Das Selbstmitleid, dass man mich so alleine lässt und aus der Gemeinschaft ausschließt, machte mich krank. Als ich wirklich auf dem Nullpunkt angelangt war, schlich sich ein Gedanke bei mir ein: Warum lässt du nicht einfach Mr. Nobody kommen? Ich rief ihn an und eine Stunde später war er bei mir. Es dauerte nicht lange, bis wir uns entkleideten und miteinander Liebe machten. Es war alles andere als befriedigend, es war von mir ein einziger Racheakt meinem Ex-Ehemann gegenüber. Wenn ich heute daran denke, überkommt mich jedes Mal ein schlechtes Gewissen, dass ich mich so wenig unter Kontrolle hatte und dies nur tat, um meinem Ex-Ehemann eins auszuwischen. Letztendlich habe ich nur mir selber eine reingedonnert. Denn nachdem alles vorbei war, ging er unter die Dusche und ich fragte mich, ob ich überhaupt noch sauber bin. Nach diesem einen Mal habe ich nie wieder mit ihm geschlafen. Er jedoch wurde direkt liebestoll. Er ließ keine Gelegenheit aus mich zu treffen und wollte mich unbedingt heiraten. Ich überlegte mir das zwar kurzfristig, einfach aus Vernunft und dass alles wieder geregelt wäre. Einen Mann, der für einen sorgt, damit alles wieder total spießig normal wäre. Probleme mit Eifersucht hätte ich dann auch keine gehabt, da ich ihn ja nicht liebte.

Das Schicksal nahm die Entscheidung in die Hand. Es wurde Wochenende und ich wollte mit meiner Freundin weggehen. Wir gingen wieder in besagtes Tanzlokal. Mr. Nobody gab mir großzügig die Genehmigung alleine wegzugehen. Er kreuzte auch nicht auf und ich war ihm dankbar, dass er mir nicht nachspionierte. Ich stand in gewohnter Manier in dem Tanzlokal ganz hinten, trank meinen Wein und rauchte eine Zigarette. Beim Aufsuchen der Toilette musste ich mich durch eine Menge lustiger Menschen, die alle wahrscheinlich nur das EINE suchten – wusste ich ja damals noch nicht, da ich naiv war und immer an die große Liebe glaubte –, durchkämpfen. Bei diesem Durchkämpfen trat ich versehentlich auf den Fuß eines Mannes, der dies zum Anlass nahm, mich anzusprechen. Er sagte, er wäre Pilot bei der Bundeswehr.

Ich fühlte mich angesprochen und gab kund, dass ich auch bei der Bundeswehr arbeiten würde. Er meinte, dass ich dann ja auch mit vielen Generälen und so zu tun hätte. Da ich ja nur Verwaltungsangestellte bin und natürlich meine Verbindungen niemals bis zur höchsten Ebene reichen – ist mir auch total egal, darüber habe ich auch nie nachgedacht –, brüskierte mich diese arrogante Fragerei und ich wurde ziemlich schnippisch. Er wurde dadurch immer interessierter. Zum Schluss lud er mich zum nächsten Wochenende ins Spielcasino nach Konstanz ein. Er wollte mich unbedingt von zu Hause abholen und ich stimmte dann auch zu.

Er erschien wie verabredet bei mir zu Hause. Ich stellte ihn meinen Kindern und meiner Mutter vor, wobei mich meine Kinder zur Seite nahmen und fragten, was ich mit so einem älteren Herrn machen wolle. Er würde aussehen wie mein Vater, er würde überhaupt nicht zu mir passen. Ich ignorierte dies und dachte mir, lieber älter als jünger. Ich hatte mich ganz groß in Schale geworfen in einem weißen, fließenden Hosenanzug, leicht durchsichtig. Extra gekauft für diesen Anlass und sündhaft teuer, obwohl ich totale Panik hatte es finanziell nicht zu schaffen. Also, er bemerkte sofort nach der Vorstellung, dass meine Aufmachung vielleicht doch etwas zu leicht wäre und ob ich nicht etwas Wärmeres anziehen wolle. Ich tat es. Die sündhaft teure Investition hing von diesem Moment an im Schrank und ich zog sie nie mehr an. Wir fuhren dann nach Konstanz ins Spielcasino – er fuhr einen Mercedes 450 mit Autotelefon – und er wollte von mir eine Zahl wissen, und Bingo, die Zahl traf. Beteiligt an der Ausschüttung wurde ich natürlich nicht. Auf der Fahrt nach Hause ließ er dann verlauten, dass er nicht die Wahrheit gesagt hätte. Er wäre nicht Pilot, sondern Rechtsanwalt Dr. X und hätte eine große Kanzlei im Norden. Beeindruckt hat mich dies nicht. Aber er selber war mal wieder ein Typ, der mir recht gut gefiel. Groß, blond, blauäugig und sportlich. Er sagte, er wäre vierundvierzig Jahre alt. Später stellte sich heraus, dass er schon einundfünfzig war. Na ja, er gefiel mir trotzdem. Und ich wollte ja auch absolut keinen jüngeren Mann mehr. Abgespielt hat sich natürlich nichts, da ich ja meinem Verlegenheitsverhältnis Mr. Nobody treu war und ich auch noch nicht genau wusste, wie ich mich entscheiden würde. Auf alle Fälle bezog ich Dr. X in meine damals geschmiedeten Ehepläne mit ein. Er rief mich auch täglich und nächtlich an. Gab sich total verwirrt vor lauter Liebestaumel und das Spiel, von zwei Männern umworben zu werden, gefiel mir.

Ich erzählte Mr. Nobody von Dr. X und er meinte, dass ich mir ruhig auch andere Männer ansehen könne, bevor ich mich für ihn entscheiden würde. Diese Toleranz gefiel mir außerordentlich, da ich so was ja überhaupt nicht gewohnt war. Er sammelte Pluspunkte. Weiterhin traf ich mich mit Dr. X. Inzwischen waren wir beim Händchenhalten. Der Spaß ging zwei Wochen lang. Außer Knutschen zum Abschied passierte nichts, da wir beide Hemmungen hatten. Als er wieder in den Norden zurück musste, verblieben wir so, dass wir uns in einem Monat wieder treffen würden, wenn er einen Gerichtstermin in Stuttgart hätte.

Okay, gedanklich hatte ich mich fast für Dr. X entschieden, doch Mr. Nobody traf ich trotzdem weiterhin. Gab ihm aber zu verstehen, dass auf sexueller Ebene momentan nichts laufen würde. Er akzeptierte alles, in der festen Sicherheit, dass er doch mein zukünftiger Ehemann werden würde. Ich bat mir noch ein bisschen Bedenkzeit aus.

Am folgenden Wochenende sagte ich ihm, dass ich noch einmal mit meiner Freundin weg wolle, worauf er meinte: »Na klar, genieße n o c h deine Freiheit!« Ich sah es auch so. Also, wieder hin in besagtes Tanzlokal. Ich tanzte völlig uninteressiert – meine Gedanken waren woanders – mit einem Typen mit Lederkrawatte. Ich wollte ja nur noch einmal meine Freiheit genießen, bevor ich mich zwischen Mr. Nobody und Dr. X entscheiden würde. Im Rücken traf mich ein Blick, der mich durchschüttelte. Ich drehte mich um, und da stand ER an der Bar: Groß, blond, sportlich und lässig. Er fixierte mich mit seinen Blicken richtig unverschämt. Ich nahm sofort aufrechte Haltung zum Kampf an. »Komm her«, dachte ich, »auch du kriegst dein Fett ab!« Inzwischen fühlte ich mich ja so erfolgsverwöhnt und selbstbewusst. Er kam aber nicht her, den ganzen Abend nicht, er beobachte mich nur ziemlich frech. Am Schluss wollte ich es genau wissen und das war mein Fehler. Ich zwängte mich durchs Gewühl, ging zu ihm hin und fragte ihn (das erste Mal in meinem Leben überhaupt, dass ich einen Mann zum Tanzen aufforderte), ob er mit mir tanzen wolle. Wir gingen zusammen auf die Tanzfläche. Nach anfänglichem Schweigen sagte ich ihm, dass er der erste Mann wäre, den ich zum Tanzen aufgefordert hätte. Worauf er entgegnete: »Das sagen alle Frauen.« Ich war sofort eingeschnappt über diese Antwort, weil ich ja Bestätigung wollte, dass meine inzwischen gelernte Eigeninitiative Anklang findet, und dachte mir: »Du arrogantes Arschloch!« Ich schwieg, bis er mich fragte, woher ich käme, was ich mache usw. Ich gab nur kurze, abweisende Antworten. Um der Sache mehr Neutralität und mir mehr Informationen zu geben, fragte ich ihn nach seinem Sternzeichen. Er sagte mir, dass er Zwilling wäre, worauf ich entgegnete, dass ich noch keinen Zwillingsmann kennen würde und deshalb auch nicht wisse, welche Veranlagungen dieses Sternzeichen habe. Er meinte, er wäre ein lieber Typ und es wäre schwer, von ihm loszukommen. Diese Aussage gab mir den Rest. Ich schwieg und dachte bei mir: »Pass auf, du Arschloch, dass du von mir loskommst!« Das war es dann. Ich wollte wieder zurück zu meinem Platz im hinteren Eck. Grußlos verließ ich ihn und dachte, so, jetzt hast du diesen arroganten Typen von der Nähe gesehen und damit hat es sich. Ich fand, dass er toll aussieht, toll tanzt, aber in seiner Art nicht mein Typ wäre. Ich mag aus Erfahrung keine Männer mehr, die Frauen – sprich mich – so herablassend bzw. belehrend behandeln. Ich hatte das Gefühl, er meinte, ich wolle was von ihm, und dabei wollte ich ihn doch wirklich nur in die Grenzen weisen bezüglich seines Stierens nach mir. Dies gelang mir ja nicht und ich wollte auch nicht unhöflich werden, und so hakte ich den Fall einfach ab. Er aber ließ nicht locker. Er kam zu mir, lud mich zu einem Glas Wein ein und wir unterhielten uns. Er war auf einmal ganz anders. Ich aber gab mich sehr zurückhaltend und abwehrend. Nach einer halben Stunde wollte ich nach Hause gehen. Ich hatte meine Tage und war müde. Am Schluss setzte ich mich abseits auf einen Stuhl und rauchte noch eine Zigarette. Er gab mir Feuer und kniete sich vor mich. In diesem Moment schoss mir durch den Kopf: »Dodo, pass auf, hier passiert dir wieder das bekannte Verliebtheitsspiel, bei dem dein Gehirn aussetzt!« Aber man kennt das ja, der Gedanke ist da, aber er wird sofort verdrängt und mit dem Argument abgelegt, das bildest du dir doch nur ein. Gut, nach dieser Zigarette stand ich auf und verließ mit meiner Freundin das Lokal. Wir begaben uns zum Auto und dort stellte ich fest, dass mein weißer Overall voller Monatsblut war. Wir suchten im Auto nach einem Teppich um diesen auf den Autositz zu legen, damit ich nicht alles voll blute. Während unserer Suche stand er plötzlich hinter mir und fragte, ob er etwas helfen könne. Peinliches Lächeln meinerseits, aber er bemerkte die Ursache unserer momentanen Hektik nicht. Er fragte mich nach meiner Telefonnummer und ich gab sie ihm nur (ich schwöre es), um ihn schnell loszuwerden. Denn intuitiv spürte ich, dass dieser Mann wieder einmal mein Leben durcheinander wirbeln würde. Dem war auch genau so, denn dieser Mann war und ist Monsieur – Matthias.

Er rief die ganze Woche nicht an. Am Freitag kam sein Anruf. Meine Tochter Alexandra war am Apparat und sagte, dass ich nicht zu Hause wäre. Dann kam kein Anruf mehr. Abends spürte ich, dass er fest damit rechnete, dass ich in dieses Lokal zurückkehren würde. Meine Freundin rief mich an und versuchte mich zu überreden, wieder mit ihr dort hinzugehen. Aber erstens hatte ich keine Lust und zweitens wollte ich nicht, dass er glaubt ich sei so verrückt nach ihm, dass ich sofort nach einer Woche versuche ihn wieder zu sehen. Schließlich waren da auch noch zwei ungeklärte Fälle, die auf Entscheidung drängten. Ich war aber dann so weit, dass ich mir dachte, wenn schon zwei Sachen laufen, warum dann nicht noch eine dritte hinzunehmen. Also ging ich zwei Wochen später mit meiner Freundin wieder in das Tanzlokal. Natürlich war er da. Ich stellte mich ganz hinten hin, aber mit seiner Größe überblickte er den ganzen Raum und sah mich. Er kam her und mein Herz pochte. Wir unterhielten uns und fingen an, uns lauernd zu beschnuppern. Meine Zigaretten und mein Glas Wein standen oben auf einem Holzbalken griffbereit. Dann ging die Türe auf und herein kam Mr. Nobody. Strahlenden Gesichtes kam er auf mich zu, umarmte mich und sagte, dass er froh wäre mich gefunden zu haben. Ich war gar nicht froh darüber, ich war sauer. Wollte mir dann in voller Hektik eine Zigarette von oben auf dem Holzbalken holen. Die Schachtel Zigaretten fiel zu Boden und alle zwanzig Zigaretten kugelten aus der Packung über den Fußboden. Alle schwiegen, alle sahen betreten aus, jeder bemerkte die peinliche Situation. Matthias hob alle Zigaretten vom Boden auf, tat diese in die Packung, überreichte sie mir und verschwand. Ich stand nun da mit Mr. Nobody und war total verwirrt und sauer. Mr. Nobody fragte, ob er wohl stören würde. Ich sagte »JA!« und dann ging er und wünschte mir noch einen schönen Abend. Ich ging zu Matthias und sagte, dass alles geregelt wäre. Er wollte aber nicht mehr mit mir reden und verließ ebenfalls das Lokal. Meine Freundin und ich fuhren dann auch nach Hause, und ich wusste, dass ab sofort das Programm nicht mehr nach meinen Plänen laufen würde. Eine Woche später trafen Matthias und ich uns wieder. Wir redeten nur kurz, es war etwas in der Luft, das Misstrauen seinerseits war.

Mr. Nobody rief mich an, ich wollte nicht. Dr. X rief mich an, ich wollte nicht. Ich hatte nur noch einen im Kopf. Es war mir klar, die beiden anderen bekam ich gratis. Um ihn, um Matthias musste ich kämpfen. Ich nahm den Kampf auf. Ich rief ihn an, versuchte zu erklären. Irgendwann verabredeten wir uns in einer Weinkneipe. Wir erzählten uns aus unserem Leben. Ich, dass ich die Scheidung eingereicht hätte. Er, dass er verheiratet wäre, einen Sohn mit acht Monaten hätte, Diplom-Ingenieur und dreiunddreißig Jahre alt wäre (ich war vierzig). Sofort spuckte mir die Aussage von der Wahrsagerin durch den Kopf, dass dieser Mann exakt auf die Prognose von ihr passte. Dass er noch verheiratet war, war für mich ein Klacks, da er mir erzählte, dass diese Ehe schon lange kaputt wäre und das Kind von ihr provoziert worden sei, um ihn zu erpressen. In meiner Naivität nahm ich an, dass diese Ehe, ebenso wie meine, innerhalb der nächsten sechs Monate geschieden würde. Ich war verliebt in ihn, ich brannte lichterloh, deshalb nahm ich ihn auch zu mir mit nach Hause. Wir liebten uns zuerst auf dem Berber-Teppich, der Vollmond schien durch die offene Balkontüre, die Grillen zirpten im Garten, es war Romantik und Leidenschaft pur. Im Bett liebten wir uns weiter. Ich war hingerissen von seiner Liebeskunst, von seinem Körper, von seiner Leidenschaft, von seiner zärtlichen Art. Ich erlebte Höhepunkte wie nie zuvor, alles in mir prickelte. Die sexuelle Leidenschaft war entfacht. Ich liebte seinen Geruch. Ich war im siebten Himmel.

Aus diesem Himmel wurde ich wieder auf den Boden der Realität zurückgeworfen, als er ging. Er hinterließ bei mir solche Sehnsucht und Angst, ihn nie mehr wieder zu sehen, ein bis dato für mich völlig neues Angstgefühl. Auf meinem Ablagebord am Bett lag seine Armbanduhr. Er hatte sie vergessen. Sein Vorname und Zuname waren eingraviert. Da wurde mir spontan klar, dass ich bis dahin weder seinen Zunamen, noch seine Adresse wusste. Das Einzige was ich hatte war seine Telefonnummer. Die Angst stieg hoch. Aber ich wusste, selbst wenn ich ihn nie mehr wieder sehen würde, ich hatte etwas erleben dürfen was der Himmel auf Erden war. Die Armbanduhr als Pfand gab mir die Hoffnung, dass er sich melden würde. Er hat sich wieder gemeldet. Wir liebten uns, als ob es keine Wirklichkeit gäbe. Nach jedem Abschied dann wieder das Angstgefühl, ihn nie mehr zu sehen und nie mehr lieben zu dürfen. Er kam immer wieder und verschwand auch wieder. Ich wurde immer nervöser und hektischer. Meine beiden Reservekandidaten meldeten sich auch. Matthias machte mir zur Bedingung, dass es zwischen uns aus wäre, wenn ich einen wieder sehen würde. Ich ließ mich aus Liebe zu ihm und aus meiner persönlichen Verrücktheit nach ihm erpressen, und ich wusste auch, wenn ich einen will, dann ist es Matthias. Ich wollte ihn nie mehr loslassen. Ich war zum ersten Mal in meinem Leben bereit, für mein Glück zu kämpfen. Zum ersten Mal war ich mir bewusst, dass es schicksalhaft war, dass ich mich bei keinem meiner vorherigen Abenteuer festgelegt hatte. Vergessen waren mein Ex-Ehemann, mein Liebeserlebnis in Schruns und all meine anderen Anwärter. Ich hatte gefunden was ich brauchte und wonach ich mein ganzes Leben gesucht hatte. Einen Mann, der mich geistig und sexuell voll befriedigte.

Ich sagte meinen beiden Reservekandidaten, dass ich einen Mann getroffen hätte, den ich sehr lieben würde. Wie verrückt ich nach ihm war, sagte ich natürlich nicht. Dr. X war sauer und gekränkt (Sternzeichen Skorpion). Mr. Nobody wusste ja in etwa schon Bescheid, stellte mir aber ein Ultimatum von vier Wochen, in dem ich Bedenkzeit hätte. Er rief mich nächtens völlig verzweifelt an und wollte mich wiederhaben. Ich war total stur, verweigerte mich und verbat mir seine Anrufe. Dr. X löste die Situation explosiver, er sagte, was er von mir dachte, und rief nie mehr an.

Mr. Nobody hielt die Frist ein und fragte vier Wochen später nach, aber ich war nur noch auf Matthias fixiert und musste Mr. Nobody endgültig einen Korb geben.

So ging das ganze Auf und Ab los.

Er kam regelmäßig am Dienstag und Freitag. Wir liebten uns und in dieser Zeit vergaß ich alles. Nachts um 2 Uhr verließ er mich wieder und ging zu seiner Familie zurück. Jedes Mal wenn er ging, trank ich noch Alkohol um nicht denken zu müssen und nur die Glücksgefühle in mir klingen zu lassen. Hin- und hergerissen zwischen himmelhochjauchzenden Liebesgefühlen und der Angst, dass er mich fallen lassen würde, lebte ich nur für diese zwei Tage in der Woche. In der Zwischenzeit ging ich arbeiten und war meinen Kindern eine gute und immer ansprechbare Mutter. Meine Kinder und meine Mutter liebten Matthias inzwischen genauso wie ich, da er sich mit allen auch sehr gut verstand. Er half mir auch bei vielen Problemen, die ich als allein erziehende Mutter zu bewältigen hatte. Er war voll in unsere Familie aufgenommen.

Am Freitag, dem 13. September 1985, war dann mein Scheidungstermin bei Gericht. Mein Noch-Ehemann nahm mich vor der Verhandlung zur Seite und drückte mich ans Treppengeländer des Gerichtsflurs. Er drohte mir, dass ich keinen Pfennig von ihm bekommen würde. Er hätte inzwischen 10.000 Mark Schulden, und nur wegen mir. Die Scheidung wurde ausgesprochen, das Sorgerecht für beide Kinder wurde mir zuerkannt. Ich verzichtete freiwillig auf Unterhalt für mich. Es gab also keine Probleme. Finanziell waren wir uns nun einig.

Ich wartete noch darauf, dass er vielleicht ein Wörtchen des Bedauerns, oder wenigstens ein Wort der Dankbarkeit, dass ich auf alle Ansprüche verzichtet hatte, verlauten ließe. Aber nichts dergleichen, hasserfüllt verließ mein Ex-Ehemann den Gerichtssaal.

Anschließend gingen die Kinder, Matthias und ich noch Kaffee trinken. Die erste Person, die mir begegnete, als ich aus dem Gerichtssaal trat, war lustiger Weise Dieter, der Porsche-Fahrer. Er kam erfreut auf mich zu und ich erzählte ihm, dass ich gerade die Scheidung hinter mich gebracht hätte. Er meinte: »Na ja, immer das Gleiche mit dir, schon wieder hast du einen neuen Mann bei dir!« Ich machte mir darüber weiter keine Gedanken. Sollte er doch denken, was er wollte. Ich ging zu meiner kleinen Familie zurück. Anschließend gingen wir noch chinesisch Essen und ich war glücklich, eine Familie in der von mir ausgewählten Konstellation zu haben.

Nachts ging mein Matthias wieder zu seiner Familie zurück und ich war allein. Weiß man, wie allein man ist, wenn man gerade geschieden wurde und der neue Partner geht zu seiner Familie zurück? Der Alkohol half mir mal wieder, die Schwierigkeiten watteweich zu machen. Ich dachte, so schnell wie meine Scheidung durchging wird auch seine gehen. Nach drei Monaten kam seine Frau dahinter, dass er ein Verhältnis hat. Großes Drama, sie rief mich an und ich erzählte ihr kurz von meiner Scheidung. Das Gespräch verlief ziemlich ruhig. Ich sagte ihr, dass ich Matthias liebe, ihm aber die Entscheidung überlassen werde, zu ihr zurückzukehren oder bei mir zu bleiben. Sie entgegnete, dass sie sich nicht scheiden lassen würde, auch wenn er sich für mich entscheiden würde. In meinem Gehirn gab es nur zwei Möglichkeiten: Die eine, er bleibt bei seiner Familie und unsere Beziehung wäre damit beendet. Die zweite, er verlässt seine Familie für immer mit der Konsequenz einer Scheidung. Die dritte Möglichkeit, Trennung ohne Scheidung, war nicht in meinem Gedankengang. Ich hoffte, jetzt ist es so weit, jetzt entscheidet er sich.

Das Hin und Her würde aufhören und unser Glück wäre ungestört, oder aber er würde mich verlassen und ich könnte wieder von vorne beginnen.

Es kam anders. Er kam zu mir, er ging zurück zur Familie. Es war ein Nervenkrieg. Ich war gefasst darauf, dass er mich verlassen würde, aber er zog von zu Hause aus und bei mir ein. Es war wunderschön, ihn jeden Tag bei mir zu haben. Von seiner Scheidung war nicht mehr die Rede, und ich fragte nicht nach. Ich wollte ihn nicht drängen.

Dann wurde es Weihnachten. Er hatte einer Weihnachtsfeier bei seiner Firma. Ich wartete zu Hause voller Ungeduld auf ihn, war es doch unser erstes gemeinsames Weihnachtsfest. Es war ein Tag vor Heiligabend. Er kam und kam nicht. Aber meine Hausbewohnerin besuchte mich. Wir tranken Sherry und sie tat mir ihre Feststellung kund, dass doch alle Männer Schweine wären. Nach jedem weiteren Glas Sherry war ich immer mehr ihrer Meinung, da mein Matthias nicht nach Hause kam. Sie verabschiedete sich, es war 3 Uhr morgens. Da ich inzwischen ebenfalls der Meinung war, dass alle Männer Schweine sind, und dazu zählte eben jetzt auch mein Matthias, packte ich seine Koffer und stellt diese an die Wohnungstüre mit einem Zettel darauf: »Hau ab, du Schwein!«

Ich war der Meinung, er kommt an mein Bett und erklärt, warum er so lange nicht nach Hause kam. Meine Wahnvorstellungen waren, dass er wieder bei seiner Ehefrau ist oder bei einer anderen Frau. Er kam dann, sah die Koffer und den Zettel, und weg war er. Ich konnte das nicht fassen. Ich hatte mir doch alles anders ausgemalt. Ich stand auf, kippte den noch verbliebenen Sherry in mich rein und legte mich wieder zu Bett. Da wurde mir schlecht, ich musste mich übergeben, konnte nicht mehr aufstehen und erbrach alles ins Bett und musste dann in der Kotze liegen bleiben, da mir so schlecht war. Ein paar Stunden später fanden mich meine Mutter und meine Kinder so im Bett vor. Im schwarzen Haar hingen verklumpte Kotzreste. Ich war unfähig zu sagen, was passiert war. Ich sagte nur immer wieder: »Ich bring mich um, ich bring mich um!« Meine Kinder schrieen mich an und meine Mutter bezog das Bett neu.

Es war das scheußlichste Weihnachtsfest, das ich bis dato erlebt hatte. Aber als ich es überstanden hatte war mir klar, so kann es nicht weitergehen, es muss eine Lösung gefunden werden. Ich wollte mich endgültig von ihm trennen. Ich entschloss mich, mit meinen Kindern zum Skifahren zu gehen. Nur wir alleine, ohne jeglichen Anhang, um endlich Abstand von meiner verworrenen Situation zu erhalten.

Matthias rief mich an und klagte, dass er sich sehr einsam fühlen würde. Ich erklärte ihm kalt, dass ich mit den Kindern Skifahren gehen würde um Abstand zu finden und beendete kurzfristig das Gespräch. Hinterher fühlte ich mich hundeelend vor Sehnsucht nach ihm. Da ich nicht wusste, wie ich ihn telefonisch erreichen konnte, verzweifelte ich immer mehr. Ich wollte ihm erklären, dass ich ohne ihn nicht mehr leben könne und er solle doch zurückkommen. In meiner Verzweiflung und Sehnsucht kam mir die rettende Idee. Ich rief den Telegrammdienst der Post an. Es meldete sich ein Angestellter der Post. Ich fragte: »Kann ich ein Telegramm aufgeben?« Er: »Welchen Text?« Ich: »Ich liebe dich!« Er: »Mich?« Ich: »Nein, es geht an folgende Adresse ...!« Er: »Schade!«

Drei Tage musste ich warten, bis Matthias sich meldete. Wir gingen zum Skifahren, aber alle zusammen, er kam auch mit, da er uns nicht alleine fahren lassen wollte. Er hatte mir den Rausschmiss verziehen. Wir waren alle wieder ausgelassen und fröhlich, vergessen war all der Kummer. Wir waren wie eine Familie.

Nach diesem Urlaub kam ein Stressfaktor hinzu, der unsere Beziehung auf eine weitere Probe stellte. Ich fing an ganztags zu arbeiten. Diese Möglichkeit wurde mir gewährt, da ich allein erziehende Mutter war, die auf ihren Unterhalt verzichtete. Dieses Argument war zwingend, mich ganztags in meinen Staatsjob zu integrieren. Ich wollte mein Bestes geben und war stolz, nun finanziell völlig unabhängig zu sein.

Im Sommer flogen wir beide allein nach Ibiza, ich war glücklich mit ihm in der Sonne zu sein. Wir waren in einem Klub untergebracht, der alles beinhaltete. Pools, Bars und Unterhaltung den ganzen Tag und die ganze Nacht. So richtig nach unserem Geschmack. Der Friede hielt nicht lange an. Abends, als wir an der Bar standen, ich hatte mal wieder ein kurzes Aufflackern meiner Lebenslust, stellte sich, als Matthias zur Toilette ging, ein junger Mann neben mich. Wir stellten fest, dass wir beide aus Stuttgart kommen und da ergeben sich halt einige Themen. Es war nur eine Unterhaltung. Aber als Matthias zurück kam, interpretierte er dieses völlig falsch. Er fing an, mit dem Mann rumzustänkern, und ich hatte nur die Möglichkeit, fluchtartig die Bar zu verlassen und auf unser Zimmer zu gehen. Dort weinte ich erst mal und entschloss mich, am anderen Tag wieder nach Hause zurückzufliegen und diese Lovestory endgültig zu beenden. Als er nach einigen Stunden immer noch nicht ins Hotelzimmer zurückkehrte, machte ich mich auf den Weg in die Bar. Dort stand er und soff. Als er mich sah, lachte er und alles war wieder gut. Ich konnte ohne seine Liebe einfach nicht leben. Der Urlaub verlief von da an voller glücklicher Momente, wir liebten uns und benahmen uns wie Kinder. Schwammen weit aufs Meer raus, machten Liebe im Freien und genossen unser Dasein und unsere gegenseitige Nähe.

Als wir wieder zurückflogen, wusste ich, dass noch eine harte Zeit der Realität auf uns zukommen würde. Die bahnte sich an, weil er sich beruflich und auch wohnlich veränderte. Wir sahen uns nur noch am Wochenende. Die Woche über war ich mit meiner ganztägigen Berufstätigkeit ausgefüllt. Meine Kinder forderten ihre Rechte. Alexandra hatte inzwischen Abitur gemacht und ließ mich spüren, dass sie nun volljährig war. Wir hatten einige harte Auseinandersetzungen miteinander auszutragen. Isabell wechselte auf das Wirtschaftsgymnasium und war auch immer im Stress.

Trotz unseres beruflichen und privaten Stresses machten wir jedes Jahr einmal Urlaub zusammen. Wir machten Urlaub in Juan les Pins, Cannes, Paris – keiner wusste damals, dass Alexandra Jahre später dort wohnen und wir Paris zu unserer zweiten Heimat machen würden – für uns war zu diesem Zeitpunkt Paris die Stadt der Liebe und dort gehörten wir hin. Weitere Urlaube folgten in Südtirol und Venedig, am Gardasee, auf Sylt und in Como.

In meinem Amt wurde eine Stelle angeboten in Konstanz. Ich meldete mich, da dieser Posten höher gruppiert war als der, den ich wegen der schnell benötigten ganztägigen Berufstätigkeit annehmen musste, und bekam diese auch. Ich wollte nun unser Haus verkaufen und an den Bodensee ziehen. Meine Kinder machten mir unmissverständlich klar, dass sie nicht wegziehen wollten. So hatte ich die neue Stelle bereits angenommen und wusste, dass ein Umzug an den Bodensee nicht in Frage kam. Das bedeutete für mich, dass ich täglich 106 Kilometer fahren musste, um einen Achtstunden-Arbeitstag hinter mich zu bringen. Es war Anstrengung im höchsten Maße. Es wollte trotz meiner Organisation einfach nicht gelingen. Dies hielt ich circa zwei Jahre durch, dann war Schluss, ich ließ mich versetzen an eine andere Dienststelle, ungefähr 25 Kilometer von unserem Wohnort entfernt.

Matthias hatte sich auch wieder beruflich verändert, er war inzwischen Technischer Leiter bei einer Firma, die circa dreißig Kilometer von unserem Wohnort entfernt war. Wir wohnten wieder zusammen in meiner Wohnung. Er hatte zwar eine Wohnung in der Nähe angemietet, für den Fall eines nochmaligen Rausschmisses. Meine Mutter konnte unser Gick- und Gack-Spiel zwar nie verstehen, aber sie sah, dass wir uns liebten. Auch konnte sie nicht verleugnen, dass sie Matthias sehr mochte und ihn ins Herz geschlossen hatte. Das Einzige, was sie ganz und gar nicht verstehen konnte, war, dass er keine Anstalten machte sich scheiden zu lassen. Worauf ich sie immer wieder beruhigte und ihr sagte, dass dies mit Sicherheit in den nächsten Monaten passieren würde.

Im Jahre 1990 schaffte ich es, unser Haus in einzelne Wohnungen aufzuteilen und zu verkaufen. Der Golfkrieg begann. Ich bekam es mit der Angst zu tun, dass eine Währungskrise oder sonstige Geldentwertung auftreten könnte und das Geld aus dem Verkauf entwertet werden würde. Nichts dergleichen geschah, das Glück war uns hold. Mein Wunschtraum erfüllte sich. Wir bauten ein Haus nur für uns alleine nach unseren Vorstellungen. Alles in Weiß gehalten. Eine Wohnung für meine Mutter, eine Wohnung für meine Kinder und eine für Matthias und mich.

Jeder hatte nun sein eigenes Reich, in welchem er sich verwirklichen konnte.

Es ging alles gut. Kurz vor dem Einzug ins neue Haus verbrachten wir alle, meine Mutter, die Kinder, Matthias und ich noch ein verlängertes Ski-Wochenende in St. Moritz. Ich wollte meine Helfer belohnen, dass sie mich so tatkräftig in meinen Plänen unterstützt hatten.

Alexandra fing ein Studium der Betriebswirtschaft an. Isabell hatte nach Abschluss ihres Abiturs ein Café übernommen und war jeden Tag bis in die Nacht beschäftigt. Wir arbeiteten alle bis zum Umfallen. Mein Ex-Ehemann hatte sich inzwischen auch wieder verehelicht und nochmals zwei Kinder mit seiner neuen Frau bekommen. Zu unseren Kindern hatte er gar keine Beziehung mehr. Er hatte seine Unterhaltszahlungen bis zu ihrem achtzehnten Lebensjahr pflichtgetreu berappt und ab da interessierte ihn aus seiner Vergangenheit nichts mehr. Ihr Studium und die Neugründung eines Cafés interessierten ihn nicht, es war wie immer meine Sache. Aber ich hatte ja Unterstützung durch meine über alles geliebte Mutter, meine fleißigen Kinder und Matthias.

1992 im Juni bekamen wir Zuwachs. Mein Steuerberater hatte eine Yorkshire-Dame, die sich in einen Dackel verliebt hatte und daraus war Nachwuchs entstanden. Keiner wollte diese Mischlinge. Er wollte sie einschläfern lassen. Ich wusste, ich bin berufstätig, also kommen Hunde nicht in Frage. Aber als ich die süßen kleinen Hundebabys sah, konnte ich nicht zulassen, dass diese eingeschläfert werden. Ich nahm beide Babys mit nach Hause und fragte die Familie: »Was machen wir?« Einstimmige Antwort: »Wir behalten beide.« Namen wurden überlegt und letztendlich entschieden wir uns für Ritze und Ratze, weil beide eben frech und lebhaft waren. So kam es, dass noch mehr Wirbel in unser Haus kam. Meine Mutter hatte noch ihren Pudel und hinzu kamen die zwei Hundebabys. Man kann sich vorstellen, wie es zuging. Wir alle waren ganztags weg, so dass meine Mutter die Aufsicht über das Haus und über die Hunde hatte. Keine leichte Aufgabe, aber ich habe meiner Mutter schon immer viel zugemutet und alles hat sie mitgemacht. Ohne sie hätte ich das alles nicht erreicht.

Es war Juni 1993, wir saßen alle zusammen in unserem neuen Haus beim Frühstück. Das Frühstück verlief wie immer voller Diskussionen über unsere fernere Zukunft. Wir machten Pläne, wie es bei jedem Einzelnen von uns weitergehen könne. Als meine Mutter und die Mädels den Frühstückstisch verließen, war ich mit Matthias alleine. In mir pochte unsere ungeklärte Situation und es platzte ohne Vorwarnung aus mir heraus: »Lass dich endlich scheiden, damit wir wirklich einen gemeinsamen Lebensweg planen können!« Er entgegnete mir ganz ruhig: »Ich kann mich jetzt nicht scheiden lassen, weil sie (seine Frau) mir dann das Besuchsrecht für meinen Sohn entzieht, wie sie es bereits des Öfteren angedroht hat!« Ich steigerte mich immer mehr in meine Wut über die Situation hinein. Ich schrie ihn an: »Du degradierst mich zur Mätresse, dies passt nicht in meinen Lebensplan! Ich versorge dich und sehe nach deinem Wohle, während du nur das Beste und Bequemste für dich raussuchst! Ich schäme mich dafür, dass man über mich sagen kann, dass ich mit einem verheirateten Mann zusammenlebe. Du bekennst dich nicht zu mir, daraus ersehe ich, dass du mich nur für deine Ziele ausnützt!« Er sah mich mit hartem Gesichtsausdruck an und fragte mich: »Willst du hiermit sagen, dass ich ein Gigolo bin?« Voller Verzweiflung schrie ich ihm ins Gesicht: »Ja, genau das will ich damit sagen!«

Wortlos drehte er sich um und ging seine Koffer packen. Heulend lief ich ihm hinterher und beschwor ihn, bei mir zu bleiben. Er würdigte mich keines Blickes mehr. Von Weinkrämpfen geschüttelt legte ich mich im Badezimmer auf die Bademagte und krümmte mich. Der Schmerz in mir war so stark, dass ich glaubte ohnmächtig zu werden. Dies ließ ihn kalt. Er nahm seine voll gepackten Koffer und verschwand grußlos.

Ich war außer mir. Nachdem sich mein Magen des Frühstücks entledigt hatte, setzte ich mich an den noch gedeckten Frühstückstisch, rauchte eine Zigarette nach der anderen und versuchte, das ganze Szenario geistig nochmals durchzuspielen. Alles verwirrte sich in meinem Kopf, ich konnte keinen klaren Gedanken mehr fassen. Ich machte mir Vorwürfe, weshalb ich es so weit getrieben hatte, meine Meinung so offen auszusprechen. Wie sollte ich diesen urplötzlichen Knall meiner Mutter und meinen Kindern erklären?

Kurze Zeit später erschienen alle wie auf Kommando, hatten sie doch die laute Auseinandersetzung und das anschließende Türenknallen gehört. Meine Kinder nahmen mich in ihre Arme und trösteten mich mit den Worten: »Mama, wenn es doch keinen Sinn zwischen euch hat, so ist eine endgültige Trennung jetzt das Allerbeste!« Meine Mutter sah mich ganz lieb an und bemerkte: »Dodo, lass alles laufen und akzeptiere die Situation, wie sie jetzt ist. Alles kommt so, wie es kommen muss!« Diese Liebe und diese vernünftigen Worte beruhigten mich und ich sah ein, dass ich nichts erzwingen könne und dass ich mich meinem Schicksal beugen müsse, was dieses auch für mich vorgesehen hat. In den Tagen darauf versuchte ich mir innerlich klar zu machen, dass ich ohne ihn mein Leben ebenso meistern könne und auch wieder einen Weg zur Freude am Dasein finden würde.

Verschiedene Telefongespräche zwischen Matthias und mir fanden statt. Es war aber keine Übereinstimmung zu erzielen. Immer wieder bat ich ihn, doch zu mir zurückzukommen. Seine Antwort darauf war immer wieder: »Lass es mal gut sein, lebe dein Leben und kümmere dich nicht mehr um mich!« Nach anfänglicher totaler Niedergeschlagenheit war ich es irgendwann leid, mir dauernd Abfuhren zu holen. Ich beschloss, am Wochenende mal wieder mit einer Freundin loszuziehen und dem Leben das Gesicht entgegenzustrecken.

Gesagt, getan, am kommenden Freitagabend zogen meine Freundin und ich los. Wir suchten wieder das Tanzlokal auf, in welchem ich Matthias kennen lernte und siehe da, er war auch dort. Erst wollte ich wieder abhauen, aber dann entschloss ich mich, den Schritt nach vorne zu wagen. Ein Mann in meinem Alter holte mich zum Tanzen. Als wir auf die Tanzfläche kamen, sah mich Matthias und begrüßte mich ganz freundlich mit: »Hallo!« Ohne sich weiter nach mir umzusehen, flirtete er mit seiner Tanzpartnerin, einer langhaarigen, großen Blondine. Eben das Gegenteil von mir. Ich hätte ihm eine runterhauen können, so verletzt und traurig war ich. Also war der Ausspruch von ihm »Lebe dein Leben!« so gemeint, dass er sein Leben so leben will, nämlich in Freiheit. Mein Tänzer, der natürlich keine Ahnung von dem sich nebenbei abspielenden Drama hatte, fragte mich: »Wer hat Ihnen denn so wehgetan? Passen Sie auf, dass Sie keine psychischen Probleme bekommen!« Ich fragte ihn: »Woher wollen Sie denn wissen, dass ich Probleme habe?« Er: »Weil Sie total verkrampft sind!« Ich lachte und tat ihn als Spinner ab, worauf er mir seelische Unterstützung anbot, da er Psychologe wäre. Mein Gedanke war: »Mit diesem Trick kommst du bei mir nicht weiter!« Obgleich ich liebend gerne über meine Probleme geredet hätte, spielte ich die Coole und ließ mir von ihm beim Verlassen der Tanzfläche noch seine Telefonnummer aufdrücken.

Wieder zurück bei meiner Freundin musste ich erst mal eine Zigarette rauchen und einen Schluck Wein trinken. Der Kampf ist verloren, ging es durch meinen Kopf. Wut stieg in mir hoch. In diesem Moment ging die Türe auf und herein kam ein Latinlover wie aus dem Bilderbuch. Groß, karibischer Einschlag, blitzende Augen, strahlendes Lächeln. Kein Deutscher. Angezogen mit einem hellen Anzug und darunter ein schwarzes Shirt. Aufreißer pur. Ein Blick von ihm in meine Augen und mir war klar, das war die Strategie um Matthias eins auszuwischen. Der Typ kam ohne zu zögern auf mich zu und bat mich, mit ihm zu tanzen. Mit einem Mal war meine Depression beendet. Stolz schritt ich mit ihm auf die Tanzfläche. Matthias war immer noch am Tanzen und Flirten. Er sah mich und meinen Tänzer und mit einem Schlag verschwand das Lächeln aus seinem Gesicht. Er wurde kreidebleich, ließ seine Partnerin stehen, ging an die Bar, bezahlte und verließ im Eiltempo das Lokal.

Mir fing es jetzt erst an zu gefallen, erst jetzt fühlte ich mich wohl in dem Lokal. Matthias empfindlich getroffen zu haben machte mich übermütig. Wusste ich doch jetzt, dass er noch Empfindungen mir gegenüber hatte, da ihm sonst dieser Auftritt egal gewesen wäre. Plötzlich musste ich lachen und diese Heiterkeit übertrug sich auf die anderen. Mein Tänzer war fasziniert von mir. Er stellte sich vor und erzählte, dass er in Deutschland leben würde. Seine eigentliche Heimat wäre Jamaika. Bis morgens um drei Uhr tanzten wir ausgelassen und tranken Champagner. Als ich meine Freundin zum Aufbruch mahnte, war er sofort bereit uns zum Auto zu bringen. Lachend und unbeschwert begaben wir uns auf den Weg dorthin. An meiner Windschutzscheibe klebte ein Zettel. Ich fragte ahnungslos: »Wer hängt mir denn einen Zettel an die Scheibe?« Glücklicherweise wollte keiner sehen, was darauf stand, nämlich: »Guten Fick, Negerfotze, Matthias!« Der Schreck fuhr mir in die Glieder. Meine Ausgelassenheit war weg. Schnell zerknüllte ich den Zettel und verabschiedete mich. Mein Jamaikaner konnte nicht verstehen, warum die Stimmung so schnell wechselte. Er wollte mich wieder sehen. Ich hatte jedoch nur einen Gedanken: Weg von hier, heim ins sichere Reich. Dort angekommen, klingelte stundenlang mein Telefon. Ich nahm nicht ab, wusste ich doch wer es war. Ich ließ ihn zappeln, sollte er doch denken was er wollte. Sollte er doch jetzt die gleichen Ängste ausstehen, die ich Dutzende Male um ihn hatte.

Am Montagmorgen fuhr ich unbeschwert zu meiner Arbeitsstelle. In der Mittagspause wollte ich mit einer Kollegin Kaffee trinken gehen. An meinem Auto angekommen, sagte meine Kollegin: »Matthias liebt Dodo!« Ich sah sie entgeistert an und fragte: »Wie kommst du darauf?« Sie zeigte auf meinen Kofferraumdeckel. Dort prangte ein mit Magneten angebrachtes weißes Blechschild mit riesigen roten Lettern: MATTHIAS LIEBT DODO !!!! Eingerahmt von roten Herzen. Ich musste lachen vor lauter Glück und ein Zentnerstein fiel mir vom Herzen. Er liebte mich noch, und ich liebte ihn mehr als je zuvor. Sofort vergaß ich das Kaffeetrinken. Ich lief in mein Büro und rief ihn an. Er war glücklich und ich auch. Am selben Abend nach Büroschluss kam er zu mir. Ohne weitere Diskussionen, warum, weshalb, wieso, lagen wir uns in den Armen, küssten und liebten uns, bis uns fast der Atem stockte. Am anderen Tag zog Matthias mit all seinen Koffern wieder bei mir ein.

Die heile Welt war wieder eingekehrt und eitler Sonnenschein herrschte. Wir hatten mal wieder keine Probleme und so wurde ein neuer Schritt in die Zukunft geplant.

Isabell, die inzwischen einen netten jungen Mann namens Klaus kennen gelernt hatte, wollte ihr Café verkaufen. Wir fanden das in Ordnung, weil sie nur noch am Arbeiten war. Kurz entschlossen wurde entschieden, dass auch Isabell anfangen sollte zu studieren. Keiner ahnte zu diesem Zeitpunkt, was wir ein halbes Jahr später noch alles zu bewältigen haben würden.

Isabell fing im September mit ihrem Studium der Wirtschaftsinformatik an. Das Café hatte sie gut verkaufen können und das Geld als Startkapital für ihre Zukunft zurückgelegt. Alexandra schrieb an ihrer Diplomarbeit. Matthias plante einen erneuten Berufs- und Ortswechsel. Nur meine Mutter und ich, wir planten nichts Neues, wir hatten genug geplant und wollten uns nur noch auf unseren Lorbeeren ausruhen. Wir hatten unser Haus, unsere wohl versorgten Kinder, unsere Hunde, die Leben in die Bude brachten. Matthias' geplanter Berufs- und Ortswechsel machte uns auch keine größeren Bedenken, weil wir ja wussten, wir kriegen doch alles in den Griff.

Nichts bekamen wir in den Griff. Meine Mutter wurde krank und magerte immer mehr ab. Wir dachten, das kommt von dem vorhergegangenen Stress. Im November musste sie ins Krankenhaus. Dort wurde festgestellt, dass sie vor Jahren einen unbemerkten Herzinfarkt erlitten hatte und dass das Herz geschädigt war. Sie kam vom Krankenhaus wieder zurück und wir dachten damit wäre alles überstanden. Sie wurde immer schwächer und konnte nicht mehr essen. Sie kam wieder ins Krankenhaus. An Weihnachten durften wir sie nach Hause holen. Es war ein noch schlimmeres Weihnachtsfest, als ich es damals erlebte, als ich Matthias rauswarf. Wir waren alle von der Rolle. Keiner wusste, wie er die Situation sehen sollte. Wir versuchten, ungezwungen zu sein, aber es gelang nicht. Jedem Einzelnen von uns blutete das Herz, wenn wir meine Mutter bei uns am Tisch sitzen sahen. Unsere Oma, meine Mutter, die immer die Stärkste von uns allen war, hatte keinen Lebensmut mehr vor lauter Schwäche. Nach Weihnachten mussten wir sie wieder ins Krankenhaus bringen und hofften, dass die Ärzte alles wieder in Griff bekommen könnten.

Am 29. Januar 1994 morgens um 5 Uhr verstarb meine Mutter.

Sie wartete so lange, bis Matthias und ich Isabell und Alexandra am Krankenbett ablösten. Wir wollten die Wache übernehmen.

Meine Mutter sah mich an und ihre Augen sagten: »Es ist Zeit, dass ihr kommt.« Da wusste ich, es ist so weit, meine Mutter wird ihren letzten Weg gehen. Es dauerte noch etwa eine halbe Stunde, in der sie mich innigst anschaute, dann hörte sie auf zu atmen. Matthias und ich weinten, blieben am Bett sitzen und hielten weiter ihre Hände. Wir sprachen ein Vaterunser und konnten uns nicht von ihr trennen. Die Nachtschwester kam herein und fragte uns, warum wir nicht gerufen hätten. Wir konnten beide nichts sagen vor Tränen und Schmerz. Die Sachen meiner Mutter wurden von den Schwestern zusammengepackt und mir übergeben. Wir konnten gehen, es war nichts mehr zu tun. Wir kamen nach Hause und hier ging der Schmerz erst richtig los. Die Kinder weinten, Matthias weinte und ich konnte alles nicht glauben. Je mehr der Tag verging, umso aufgewühlter wurde ich. Ich wartete, dass sie wiederkommen würde. Sie kam nicht, da wollte ich mich umbringen. Unser Nachbar, der Apotheker, kam und gab mir starke Beruhigungstabletten. So konnte ich die darauf folgenden Tage und Nächte einigermaßen überstehen. Bei mir waren meine Kinder, Matthias und Klaus. Sie versuchten, mich davor zu bewahren, durchzudrehen.

Unser aller Leben nahm eine Wendung.

Alexandra ging nach Abschluss ihres Studiums als Diplom-Betriebswirtin zu einer deutschen Firma ins Marketing nach Paris. Sie konnte nicht mehr in unserem Hause leben, alles erinnerte sie an ihre Oma. In Paris lernte sie einen jungen Musiker namens Frédéric kennen. Matthias ging als Geschäftsführer zu einer neuen Firma. Er kam nur noch zum Wochenende her.

Isabell und ihr Freund Klaus zogen in die Wohnung meiner Mutter ein.

Die Wohnung meiner Kinder blieb unbenutzt, da keiner mehr ein Konzept für unser weiteres Leben hatte.

Gino, der Pudel meiner Mutter, musste eingeschläfert werden, weil er Tag und Nacht nur noch schreiend umherrannte und meine Mutter suchte.

Ritze und Ratze waren beide den ganzen Tag über allein im Haus ohne Aufsicht.

Manchmal dachte ich, verrückt zu werden, wenn ich allein in meiner Wohnung saß. Ich sinnierte nach Möglichkeiten, die mich den Verlust meiner Mutter vergessen machen.

Seither sind jetzt zweieinhalb Jahre vergangen. In dieser Zeit hatte ich nur eine Möglichkeit, diese Sache zu verarbeiten – indem ich mich mit dem Leben danach beschäftigte. Ich las sehr viel – ich war ja auch sehr viel allein. Ich entschied mich für Reiki. Das gab mir Kraft und ich musste immer weiter machen. Ich habe es bis zum Meister und Lehrer gebracht. Inzwischen bin ich tief gläubig. Ich glaube an Gott und an ein Leben danach, da mir dies die Gewissheit gibt, meine über alles geliebte Mutter einmal wieder sehen zu dürfen.

Das gab mir die Kraft, durchzuhalten.

Kapitel IV

14. Mai 1996

Matthias beabsichtigt mit seinem Sohn in zwei Tagen nach Amerika in Urlaub zu fliegen. Ich komme mir vernachlässigt vor. Ein Urlaub von uns beiden kam nicht zustande, da keiner von uns fähig war, diesen zu planen und zu organisieren. Ich habe von ihm erwartet, dass er sich ebenso um eine Urlaubsplanung für uns beide bemüht, wie er dies für seinen Sohn tat. Er überließ es mir und ich weigerte mich, da ich hoffte, dass er dies als Aufforderung sich mehr um mich zu kümmern erkennen müsse. Eine Krise bahnt sich an. Das Wochenende war mal wieder im Streit beendet worden. Ich erlaubte mir, ihn neben dem Fernsehprogramm auf unseren beabsichtigten Urlaub hinzuweisen. Er fuhr mich schroff an, dass ich nicht gerade während dieses Spielfilms, es war übrigens J. F. Kennedy, dieses Thema ansprechen solle. Ich sagte dann auch nichts mehr und ging zu Bett. Der Montagmorgen begann mit Streit.

Am Dienstag rief ich ihn an und fragte, ob er am Mittwoch herkomme, damit wir uns noch einen schönen Abend machen könnten – am Donnerstag war sein Abflug in die USA geplant und meine Abreise nach Paris und London. Er lehnte ab und meinte, er hasse Frauen, die immer nur herumnörgeln. Ich versuchte ihm zu erklären, dass ich mich in der momentanen Situation sehr unwohl und vernachlässigt fühle. Er sagte, er hätte genug und würde morgen seine Sachen packen und ausziehen.

Ich bat ihn noch, dies erst ab 19 Uhr zu tun, da vorher noch meine Putzfrau im Hause und ich bei der Arbeit wäre. Ich wählte diesen Termin in der Hoffnung, vorher nochmals mit ihm reden zu können. Ich erwähnte dies aber nicht in der Annahme, er würde diesen Hinweis selber erkennen. Er erwiderte wutentbrannt: »Ich halte es so, wie ich es für richtig finde!«

Am anderen Nachmittag, also Mittwoch, kam ich gegen 17 Uhr von der Arbeit nach Hause. Meine Putzfrau war ziemlich aufgelöst. Mein Freund sei hier gewesen und hätte seine Sachen geholt. Er hätte gesagt, er würde für ein paar Tage verreisen. Sie habe sich aber gedacht, für ein paar Tage nimmt man doch nicht so viel mit. Also musste ich ihr erklären, dass wir uns getrennt haben.

Dieses Mal ist mir klar, dass ich durchhalten und eine eventuelle endgültige Trennung in Kauf nehmen muss, um aus diesem eingefahrenen Chaos herauszukommen. Also leide ich wie ein Hund für meine Ehre.

16. Mai 1996

Sitze nun hier in Paris am Champs-Élysées im George V und lasse verschiedene Stationen unserer elfjährigen Beziehung Revue passieren. Fazit: Es war alles andere als langweilig. Sobald Langeweile aufkam, war Trennung angesagt. Sollte es auch jetzt so sein? Oder handelt es sich jetzt um das typische Beziehungsabnützungssyndrom nach so langer Zeit des Zusammenlebens? Oder kommt nun die Lösung zum endgültigen klaren Zusammenleben in festen Formen? Ich lasse einfach alles laufen und nehme es so, wie es kommt. Aber es muss ein klarer Weg werden und dieser Weg heißt endgültige Scheidung von seiner Noch-Ehefrau und volles Bekennen zu mir.

Am Abend gingen Alexandra und ich dann am Place Pigalle schön zum Essen und anschließend in die Discotheque Locomotive und haben dort einen abgehottet – das heißt tanzen bis zum Umfallen. Gegen 3 Uhr morgens kehrten wir in Alexandras Wohnung zurück, tranken Rotwein und diskutierten. Der Schlaf über den Dächern von Paris – Alexandras Wohnung liegt im sechsten Stock, ohne Aufzug – war süß und erholsam nach der Erkenntnis, dass ich mit dieser Provokation einer Lösung eine gute Entscheidung getroffen habe. Am anderen Morgen gegen 11 Uhr fuhren wir mit dem Zug vom Gare du Nord ab in Richtung London. Es war ziemlich kühles und regnerisches Wetter. Aber im Zug war es sehr komfortabel und angenehm warm. Beim Eintreten des Zuges in den Tunnel, der unterirdisch durch die Nordsee führt, erwartete ich, dass ausgerechnet dann, wenn wir via Eurostar nach London düsen, irgendetwas schief gehen würde und ich meine Situation ungelöst mit ins andere Leben nehmen müsste. Für mich eine schlimme Vorstellung, da ich unbedingt, bevor ich vor Gott Rechenschaft ablegen muss, meine persönliche Situation in geregelte Bahnen geführt haben möchte. Aber es war so nicht geplant von oben, denn wir kamen zeitgerecht und wohlbehalten in Waterloo-Station in London an. Natürlich hatten wir nichts gebucht und begaben uns frohen Mutes zum Informationsstand. Alle Hotels waren ausgebucht, da es ein durch einen Feiertag verlängertes Wochenende war. Mit viel Charme unsererseits und viel Korrektheit des Schalterbeamten konnten wir noch für drei Tage ein Zimmer im Holiday Inn ergattern. Dort angekommen verstauten wir alles schnell im Zimmer und los ging's zum Sightseeing.

Kurzfristig entschlossen wir uns – in Anbetracht unserer etwas schlappen Verfassung –, einen Doppeldecker-Sightseeingbus zu nehmen. Angenehm, denn er fuhr uns zu allen markanten Plätzen in London. Wir konnten sitzen bleiben, so lange wir wollten. Es war einfach erholsam, anderen die Führung zu überlassen und nur so zu glotzen. Die Hand am Kinn, den Ellbogen am Fenster aufgestützt. Alexandra hinter mir, also beide an einem Fensterplatz. Am Royal Palace standen die Royal Guards auf Pferden davor. Der Bus musste wegen einem Stau direkt daneben halten. Unbewusst nahmen wir beide einen der Guards auf dem Pferd ins Visier. Schauten ihm beide in die Augen. Nun denkt doch jeder, das macht einem königlichen Soldaten nichts aus. Sie sind ja bekannt für ihre englische Unnahbarkeit und Disziplin. Jedoch, was passierte bei uns? In Sekundenschnelle streckte dieser Recke uns beiden die Zunge raus. Kein Fotoapparat war so schnell bereit, diese Szene festzuhalten. Mit diesem Bild hätten wir doch weltweit für Gelächter und im englischen Königshaus für Aufregung gesorgt. Nach einem Besuch des Rock-Palaces, des Sherlock-Holmes-Museums, aller berühmten Streets, des Towers und vieler Pubs verließen wir drei Tage später London wieder in Richtung Paris. Es hat sich gelohnt, London ist eine Reise wert. Nach einer weiteren Nacht in Paris – das natürlich einen anderen Charme hat als London – fuhr ich mit dem Zug wieder in Richtung Heimat. Dort angekommen, war ich zufrieden und glücklich. Hatte ich doch ein tolles Wiedersehen mit meiner Tochter Alexandra in Paris und war wieder zu Hause bei meiner Tochter Isabell, die frustriert an ihrer Diplomarbeit saß. Alles war in Ordnung. Einziges Problem die Liebe zu einem Mann, der sich nicht scheiden lassen will um ganz mir zu gehören.

Es sind inzwischen zehn Wochen vergangen seit unserer Trennung. Er war dazwischen noch zwei Wochen in Mexiko und ein Wochenende bei meiner Tochter in Paris. Telefonate wurden des Öfteren zwischen uns geführt, doch liefen sie jedes Mal erfolglos ab. Es war, als ob mich jemand daran hinderte, die Versöhnung einzuleiten. Seine Aussagen waren immer dieselben, nämlich dass er so glücklich war und nicht einsehen würde, warum ich jetzt nach elf Jahren die Scheidung fordern würde. Es wäre doch alles so schön gewesen, schöner hätte es doch auch nicht sein können, wenn er geschieden wäre und wir beide verheiratet wären. Und wenn ich das gern gehabt hätte, dann hätte ich das schon vor zehn Jahren durchsetzen sollen und nicht erst jetzt. Nach dieser Argumentation haute es mir fast den Stecker raus. Hatte ich doch nur niemals etwas gefordert um nicht den Eindruck zu erwecken, dass ich ihn erpressen wolle. Ich war der Meinung, dass er selber darauf hätte kommen müssen in all den langen Jahren. Ich bekam meine Wut über diese Argumentation in Griff und bemerkte ganz ruhig und konsequent: »Dann passiert diese Forderung eben nach elf Jahren und die heißt: Scheidung und miteinander durch das Leben oder endgültige Trennung, so dass jeder seinen weiteren Lebensweg für sich planen kann, und dies, weil ich ein Zusammenleben in dieser Form nicht mehr akzeptieren kann, da ich es auch nicht gedankt bekomme, dass ich die Märtyrerin spiele – und diese Rolle passt auch nicht mehr zu mir!«

Er konnte das einfach nicht verstehen. So gingen die Gespräche hin und her. Oft rief er an und legte wieder auf. Es war ein Psychodrama, aber ich war inzwischen so von geistiger Klarheit erfüllt, dass ich nicht mehr verstehen konnte, wie ich mich elf Jahre so in die Ecke hatte drängen lassen ohne auch nur einmal eine konsequente Forderung gestellt zu haben. Unbewusst ahnte ich damals, dass die Situation gleich wie heute verlaufen wäre. Er wäre auf meine Forderung nicht eingegangen und ich hätte damals keine Kraft gehabt, dies durchzuziehen.

Diese Kraft und klare Übersicht besitze ich heute, da ich durch den Tod meiner Mutter und meine Beschäftigung mit dem Sinn des Lebens und mit dem Leben nach dem Tod durch viel Literatur eine andere Einstellung erhalten habe.

Ich bin inzwischen gedanklich und körperlich so weit von ihm getrennt, dass ich mein Leben wieder nach meinen Wünschen plane. Ich gehe zweimal wöchentlich zum Fitness, gehe Essen, mache Besuche bei Freundinnen und gehe auch zum Tanzen. Dort lernt man Leute kennen und stellt fest, dass in der heutigen Zeit partnerschaftlich einiges schief läuft. Es ist interessant zu erfahren, dass andere auch ihre Probleme haben und sogar noch größere als ich. Da ich inzwischen weiß, dass mein Problem Konsequenz heißt, kann ich in dieser Richtung an mir arbeiten. Es ist zwar schwer, da der bequemere Weg des Nachgebens einfacher ist, aber es macht auch stolz, da man auf einmal feststellt, dass die anderen, wenn man nicht mehr alles für die Harmonie tut, auch ganz schön in Bedrängnis kommen.

In Konstanz habe ich eine süße kleine Bar entdeckt, die mir zu meiner Abwechslung alles bietet. Keiner kennt mich dort, ich habe interessante Gespräche, tolle Musik und gute Karibik-Drinks. So lebe ich momentan ganz meinen urpersönlichen Vorstellungen entsprechend. Ich habe inzwischen gelernt Geduld zu haben und abzuwarten, wie das Schicksal entscheidet. Ich fälle keine Hau-Ruck-Entscheidungen mehr. In Zukunft werde ich nur noch Lösungen akzeptieren, die mich befriedigen. Kompromisse zu meinen Ungunsten kommen nicht mehr in Frage. Lieber lebe ich allein und unabhängig, als immer nur andere in ihrem Ego zu befriedigen. In zwei Wochen fahre ich wieder nach Paris und von dort aus zum Urlaub machen in die Normandie. Die Abenteuerlust hat mich zum ersten Mal im Leben gepackt. Ich suche keine Sicherheit mehr, ich bin stark genug, für momentane überraschende Momente zu leben und diese auch zu genießen, ohne gleich eine Absicherung auf Lebenszeit und das große Glück zu erwarten. Vielleicht ist dies die richtige Lebensphilosophie. Zur Absicherung meiner Selbstständigkeit habe ich mir ein Handy besorgt, damit ich telefonieren kann wann immer ich will und immer erreichbar bin, wenn ich es will. Ich komme mir vor wie eine international erfahrene und erprobte Einzelkämpferin. Fühle mich wieder dem Leben gewachsen und nicht mehr in der Pflicht, Rechenschaft abzulegen.

Anruf von Matthias, er will mich am Sonntag um 14 Uhr treffen, damit wir über alles in Ruhe reden können. Also gut, denke ich, vielleicht hat er es jetzt kapiert. Das war am Dienstagabend. Am Mittwochabend ruft er wieder an und erzählt von seiner Firma, wie schlecht es dieser ginge und ihm würde es genauso schlecht gehen, er würde jetzt nur noch 76 kg (vorher 87 kg) wiegen. Dass ich inzwischen auf 57 kg (vorher 64 kg) herunter bin, war natürlich nicht bedauernswert, sondern es wurde nur darauf hingewiesen, dass ich dieses Gewicht ja schon immer haben wollte. Natürlich wollte ich immer wieder auf mein Normalgewicht von 57 kg zurückkommen, aber nicht unbedingt durch Leid und Stress. Also gut, das Gespräch zog sich so hin zwischen Gejammer und Charming-Konversation seinerseits. Er hätte einen neuen Job in Stuttgart in Aussicht, der Vertrag liege schon von der Firma unterschrieben vor. Bei mir klingelten die Alarmglocken. Sollte es so sein, dass ich nur wieder meine Intuition einsetzen sollte? All die Jahre war ich seine Ratgeberin in beruflicher Hinsicht gewesen. Mein Gefühl sagte mir immer, was für ihn gut und was schlecht für ihn war. Bei mir hingegen tat sich beruflich keine Veränderung, obwohl dies von mir herbeigesehnt wurde, da ich ja all meine Intuition für ihn aufbrachte um ihm alle Irrwege, die er sein ganzes Leben gelaufen war, zu ersparen. Also gut, ich verdrängte dieses aufkommende Misstrauen sofort wieder und sagte, dass wir darüber ja am Sonntag reden könnten. Am Freitagmorgen rief er wieder an und versicherte sich nochmals, ob es mit Sonntag auch klappen würde. »Na klar«, sagte ich, »sonst hätte ich dich doch schon zurückgerufen!« Ich hatte das Gefühl, dass er ziemlich nervös war. Am Nachmittag machte ich dann früher Feierabend und ging mit meinen Hunden spazieren, bis sich Ritze mit dem Kopf dauernd im Gras rieb. Das kam mir komisch vor, doch nahm ich an, dass sie mal wieder überhektisch ist. Zu Hause angekommen wollte ich ihr das Fell bürsten und sah, dass ihr Kopf dick angeschwollen war. Ich konstatierte sofort: Bienen- oder Wespenstich! Sofort ins Auto zum Tierarzt. Sie bekam eine Kortison-Spritze, der Gaumen und Schlund wurden mittels eines Butterstückchens von einer eventuell dort verbliebenen Wespe oder Biene befreit, und wir konnten wieder abdüsen. Zu Hause sagte mir Isabell, dass Matthias eben hier gewesen wäre. Ich ging sofort ans Telefon und sprach ihm auf die Mailbox seines Handys, dass ich in Sachen Ritze und Wespen- oder Bienenstich unterwegs gewesen wäre. Es gehe ihr aber gut. Ich war natürlich der festen Meinung, er würde sofort nochmals herkommen und nach unser aller Wohlbefinden sehen.

Natürlich kam er nicht, rief auch nicht an. Ich habe dann bis ein Uhr nachts gewartet. Ich war der festen Überzeugung, dass er dies als Anlass nehmen würde mir zu beweisen, wie er zu mir steht. An den Wochenenden seit unserer Trennung trieb er sich in Diskos und Kneipen herum und lud Frauen ein, wie mir eine Freundin berichtete, die ihn in einem Anmach-Schuppen getroffen hatte. Ich wollte den Beweis, dass er sich, nachdem wir uns zu einem Gespräch am Sonntag verabredet hatten, auch schon am Freitag dazu zur Verfügung gestellt hätte. Da er telefonisch nicht erreichbar war, war mir klar, dass für ihn wieder bis zum Sonntag Diskonächte angesagt waren. Emotionell wieder im Schwanken, hinterließ ich auf seinem Anrufbeantworter, dass es mit dem Treffen am Sonntag nichts werden würde, ich hätte den ganzen Abend gewartet, und er hätte es nicht für nötig gehalten mich anzurufen, so fände ich es auch nicht nötig, am Sonntag ein Gespräch zu führen.

Am Samstagmorgen rief ich ihn nochmals an und wollte alles erklären, aber er war so sauer, dass er den Hörer auflegte. Am Samstagabend gegen 22 Uhr klingelte das Telefon, ich nahm ab, es war nur das Lied »Don't think twice« zu hören. Nachts um 2 Uhr ging wieder das Telefon. Es war Matthias und er sagte mir, ich solle auflegen, er wolle mir etwas auf den Anrufbeantworter sprechen. Ich legte auf und er sprach auf den Anrufbeantworter, dass er ganz schön enttäuscht von mir wäre und in den 12 Wochen unserer Trennung hätte es nichts gegeben, was man nicht hätte klären können oder worauf keine Lösung zu finden gewesen wäre, ich hätte ihn sehr verletzt und er wäre nicht gut mit mir, nein, er wäre böse mit mir, wünsche mir aber trotzdem viel Glück und Vergnügen für mein ferneres Leben.

Am Sonntagmorgen rief ich ihn erneut an und sagte ihm, dass ich seine Durchsage gehört hätte. Er machte mich wieder darauf aufmerksam, dass ich alles kaputt machen wolle und an einer Aussprache nicht interessiert wäre. Ich sagte ihm, dass er die Scheidung einreichen solle und wir dann einen gemeinsamen Weg gehen würden. Er meinte darauf, dass er Alexandra in Paris gesagt hätte, er werde mich heiraten, doch könne er nicht von heute auf morgen die Scheidung einreichen. Ich erwiderte, dass es niemals von heute auf morgen wäre, da er ja inzwischen elf Jahre dazu Zeit gehabt hätte. Ich schlug ihm vor, dann eben doch herzukommen, damit wir nochmals darüber reden könnten. Aber er meinte, das wäre jetzt genug, es müsste jetzt für immer beendet sein und ich solle aufhören, ihn nochmals anzurufen. Ich wollte etwas erwidern, aber er unterbrach die Verbindung. So sitze ich nun auf dem Balkon und schreibe den Ausgang unserer ehemals heißen Lovestory nieder.

Nein, sie ist immer noch nicht aus, es gibt die »Unendliche«!

Zwei Tage später wieder ein Anruf von ihm nachts um 2 Uhr. »Hallo, hier ist Matthias, könntest du mir etwas über meinen Schutzgeist erzählen? Das wäre sehr nett von dir! Und zudem weiß ich jetzt, dass du einen anderen hast. Ist gut, ist akzeptiert, tschüss!« Am anderen Morgen rief ich zurück und erklärte ihm, dass ich keinen anderen hätte, dass es mir nur darum ginge, dass er endlich seine Scheidung einreiche. Er hat natürlich wieder nichts verstehen wollen. Ich schlug ihm vor, dass wir uns am Freitag zu einer Aussprache treffen sollten. Er entgegnete, dass er da nach Leipzig fahre um mehrere Wohnungen anzuschauen, wovon er dann eine kaufen wolle. Er würde erst am Sonntag wieder kommen. Ich entgegnete ihm, dass ich am Sonntag nach Paris in Urlaub fahren werde. Das war für ihn ein Schlag ins Gesicht. Er hatte nicht geglaubt, dass ich fähig bin alleine einen Urlaub zu planen und durchzuführen.

So gingen noch einige Telefonate hin und her.

Am Sonntagmorgen verfrachtete ich meine Hunde, Gepäck und mein Handy ins Auto, verabschiedete mich von Isabell – die immer noch frustriert über ihrer Diplomarbeit saß und sich gleichzeitig auf ihre schriftlichen Prüfungen vorbereitete – und los ging's. Ich wollte nur weg! In Straßburg holte ich Alexandra ab und weiter ging die Reise nach Paris. Um 19 Uhr kamen wir an. Wir machten noch einen Bummel durch die Rue Faubourg St. Antoine und anschließend suchten wir ein Bistro auf, um noch eine Kleinigkeit zu essen. Dort wurden wir auf das Zuvorkommendste bedient. Vier Garçons umschwirrten uns und lächelten uns unaufhörlich an. Alexandra meinte, dass ihr ein solcher Service und eine solche Zuvorkommenheit hier in Paris noch nie geboten worden wären. Sie konstatierte, dass das entweder an unseren süßen Hunden oder an mir liegen müsse. Worauf ich einwarf, dass ich vielleicht einen gewissen Geruch ausströmen würde, der anzeigt, dass ich seit drei Monaten mit keinem Mann mehr geschlafen habe. Sie meinte, es sei so wie bei den Hunden. Die Rüden würden riechen, wenn es an der Zeit ist. Trotzdem wurde jeder Gefahr getrotzt. Zum Abschied wurden wir von jedem der Garçons noch per Handschlag verabschiedet.

Zweimal klingelte mein Handy. Jedes Mal war es Matthias. Er hatte einen guten Ton drauf. Sehr großzügig wünschte er mir einen frohen und schönen Aufenthalt in Paris. Ich war wieder zufrieden und dachte mal wieder, jetzt habe er es endlich kapiert. Über den Dächern von Paris (in Alexandras Wohnung – ihr Freund Frédéric war auf einer Konzerttournee und wir waren alleine) beschlossen wir den Abend mit unserem obligatorischen Bordeaux-Trunk inklusive Diskussion. Mein Urlaub begann.

Am anderen Morgen wurde ich von meinen beiden Hunden geweckt, sie mussten Gassi. Leicht verkatert schlich in mich mit den beiden die sechs Stockwerke hinunter und hatte dann ein Problem: Wo lasse ich sie pinkeln? Kein Gras, kein Baum weit und breit. Von leichter Panik ergriffen führte ich sie die Straße entlang. Und, oh Wunder, sie brauchten weder Baum noch Gras, sie fanden die herrlich verpissten Häuserfronten besser als den natürlichsten Grasgeruch zu Hause und pinkelten ohne Ende. Als wir uns wieder die sechs Stockwerke hoch gearbeitet hatten, wurde gefrühstückt und Alexandra ging arbeiten. Ich entschied mich, noch heute zum Friseur zu gehen um mein Selbstbewusstsein weiter zu stärken. Nach telefonischer Terminabsprache packte mich der Gedanke, dass ich ihm doch auf seine Mailbox sprechen könne, dass hier alles okay wäre. Aber ich kam mit meiner Von-Handy-zu-Handy-Nummer aus Frankreich nicht raus. Wen sollte ich fragen? Mein Französisch war nicht so perfekt, dass ich mich traute, diese technischen Dinge bei einer Auskunftsstelle zu erfragen. Dann erinnerte ich mich daran, dass ich mir vor längerer Zeit vorgenommen hatte, in Gefahren- und Paniksituationen immer mein – bisher nie praktiziertes – logisches Denken einzuschalten. Und siehe da, mit viel Kombinationsvermögen und Ausdauer kriegte ich raus, wie man aus Frankreich nach Deutschland von Handy zu Handy telefoniert.

Er meldete sich direkt. Großes Gejammer, ich hätte keine Ahnung, wie tief er im Dreck stecken würde, er könne keine Nacht mehr schlafen, hätte Herzschmerzen und das Chaos sei um ihn herum ausgebrochen. Ich hätte ihn ganz einfach im Dreck sitzen und fallen lassen. Er hätte Entzugserscheinungen wie ein Heroinsüchtiger und stünde kurz davor, an einen Baum zu fahren. Ich, total erschreckt, erklärte ihm, dass ich ihn nie habe fallen lassen, dass ich ihn liebe und dass ich ihn nur für mich alleine will, dass ich alles mit ihm teilen will und nur möchte, dass er endlich einsieht, dass wir den Weg gemeinsam gehen müssen, und dies ist nur durch Klarheit zu erreichen, da es sonst in ein paar Monaten wieder so weit ist, dass wir uns trennen. Er fing an lauter zu werden und zu schreien, dass er sich schon immer für mich entschieden hätte und seine Ehe nur eine reine Formalität wäre. Ich wolle ihn nur kaputt machen und das hätte ich jetzt geschafft. Ich würde ihn immer wieder anrufen, und ich solle ihn doch endlich in Ruhe lassen. Ich entschuldigte mich, dass ich ihn belästigt hätte und beendete das Gespräch. Inzwischen hatte ich einen Blutdruck von mindestens 180. Aber nicht vom Treppensteigen, sondern vom Telefonieren. Zehn Minuten später klingelte mein Handy wieder. Er sagte, er möchte nicht so im Streit auseinander gehen. Ich habe wieder besänftigend und beruhigend auf ihn eingeredet und nochmals erklärt, warum und weshalb und wieso es jetzt einer endgültigen Lösung und Entscheidung bedarf. Er meinte, dass er mir nicht mehr trauen könne, und er meinte auch, nicht mehr mit mir ins Bett gehen zu können. Ich sagte ihm, dass die ganze Entscheidung sowieso bei ihm liege, da ich ihn ja liebe und mit ihm uralt werden möchte und er, wenn er jetzt so argumentiere, sich ja schon entschieden habe. Das Gespräch nahm einen ruhigen Verlauf an, ich versicherte ihm nochmals, dass ich keinen anderen Mann gehabt hätte und auch keinen anderen Mann wolle. Er versicherte mir, dass bei ihm keine andere Frau wäre, obwohl er mindestens tausend andere Frauen haben könne. Nachdem wir dann circa eine Stunde per Handy zwischen Deutschland und Frankreich telefoniert hatten (die nächste Handy-Rechnung haut mich sicherlich um) verabschiedeten wir uns sehr ruhig und gefasst. Ohne eine Lösung. War's das?

Nachdem ich mich wieder einigermaßen beruhigt hatte, schnappte ich beide Hunde, sechs Stockwerke wieder runter und Ausschau gehalten nach einer Metzgerei, da ich ja meinen Hunden etwas Essbares anbieten musste. Wie drei hysterische Hühner stoben wir durch das Viertel von Paris. Keine Metzgerei in Sicht. Hartnäckig, das habe ich inzwischen auch gelernt, suchte ich weiter. Endlich in einer Seitenstraße sah ich Fleisch in einer Theke. Es war ein japanischer Feinkostladen. Mir war es egal. Ich wollte nur drei Hähnchenschenkel und als ich die hatte, war alles in Ordnung. Zurück gehastet, sechs Stockwerke wieder hoch, Wasser aufgestellt und Hähnchenschenkel abgekocht. In der Zwischenzeit geduscht mit dem guten Gefühl, alles doch wieder im Griff zu haben. Nach einer Stunde servierte ich das Fleisch meinen Hunden, aber sie ignorierten es. Pariser Stress.

Nachmittags ging ich dann zum Friseur. Dort habe ich 300 Mark bezahlt. Also heute war ein Plus-Minus-Tag. Wie geht es weiter?

Es ging ganz unterhaltsam weiter. Meine Tochter kam gegen 18 Uhr nach Hause und wir einigten uns auf ein Glas Champagner und legten unseren abendlichen Ausgehplan fest. Es ist in Paris so, dass man erst später zum Abendessen ausgeht. Ich war schon beinahe verhungert, bis ich endlich etwas zum Essen bekam. Aber die Belohnung für das Warten waren meine geliebten Austern mit Essig-Zwiebelsauce in der »Bar à Huitres«. Dazu gab es Champagner und trockenen Pinot blanc. Die Zeit verflog – wie das Geld. Am anderen Morgen machten wir uns auf nach Deauville, das Seebad am Ärmelkanal. Die Fahrt war lustig. Alexandra und ich mussten viel lachen. Alte Geschichten wurden ausgekramt und das Thema »Männer« und »Beziehungsprobleme« waren unser Hauptdiskussionsstoff. Alexandra stellte fest, dass sie nach ihrem Frédéric keinen anderen Mann mehr wolle. Sie hätte einfach genug, sich mit Männern abzugeben, weil ja doch alle einfach beschissen wären. Mir fiel dabei ein, dass mir vor kurzem Isabell sagte, dass sie, wenn es mit ihrem Klaus aus wäre, auch keinen neuen Mann mehr möchte, sie würde dann nur noch für ihren Glady (Gladstone, das ist ihr Pferd) leben. Diese Aussagen machten meine beiden Töchter. Ich mit meinen inzwischen einundfünfzig Jahren machte mir so meine Gedanken und stellte mir einen anderen Mann in meinem Leben vor. Auch ich kam zu der Einsicht, dass es für mich immer schwieriger werden würde, einen neuen Mann in mein Leben zu lassen. Neue Angewohnheiten und Macken zu akzeptieren. Aber wo war die Lösung meines Problems? Ich fand sie nicht!

In Deauville angekommen, suchten wir ein Hotel und fanden natürlich keines. Ganz Frankreich war über das verlängerte Wochenende ans Meer gefahren. Nach langem Suchen fanden wir ein Hotel, das uns für den anderen Tag zwei Übernachtungsmöglichkeiten bot. Wir akzeptierten dies und machten uns zur Weiterfahrt ins Landesinnere der Normandie bereit. Dort fanden wir in einem schönen Landhaus eine Übernachtungsmöglichkeit für eine Nacht. Nach einem exzellenten Abendessen legten wir uns ins Doppelbett mit unseren zwei Hunden. Es war schön und beruhigend für mich, neben meiner Tochter schlafen zu können. Endlich hatte ich mal keine Einsamkeitsgefühle mehr. Solange ich mit Matthias zusammen war, hatte ich nicht mehr gewusst wie einsam man sein kann, wenn man von seinem Partner getrennt ist und nicht mehr weiß, wie es weitergehen soll. Bruchstückhafte Erinnerungen an die Zeit nach meiner Trennung von meinem Ex-Ehemann kamen mir in Erinnerung und ich wusste, ich muss da wieder durch. Albträume quälten mich in dieser Nacht. Am anderen Morgen war ich froh, dass wir wieder wegfahren konnten. Ich hatte das Gefühl, in einem Spukhaus übernachtet zu haben. Wir fuhren wieder nach Deauville zurück und checkten im reservierten Hotel ein. Doch die Enttäuschung war groß. Ein Zimmer im Keller, neben der Kaffeeküche, dem Heizraum und der Wäscherei. Bad und WC getrennt vom Zimmer im Gang. Das kann es doch nicht geben. Wir packten sofort unsere Badesachen zusammen und begaben uns an den Strand. Hierbei mussten wir feststellen, dass die schönen Badeplätze für Hunde verboten waren. Aber wir fanden doch noch einen Strand, zu dem der Zugang mit Hunden erlaubt war. Es war toll: Sonne, Meer, Sand und Ferien. Ein dunkelhaariger Franzose versuchte eine Flirtattacke. Er sah gut aus, aber ich musste erkennen, dass ich blockiert bin und selbst beim perfektesten Mann keinen Kick erlebe. Es ist wirklich eine Strafe, wenn man sich von einem Mann abnabeln will und dabei feststellt, dass man ihn so in sich trägt, dass kein anderer Mann auch nur eine Chance hätte, sich zu bewähren. Die Nacht im Hotel war die reine Katastrophe. Unser Zimmer war ca. zehn Quadratmeter groß und das Fenster war nicht zu öffnen, es klemmte. Kurz vor dem Erstikkungstod entschlossen wir uns morgens um 5 Uhr, nachdem in der Kaffeeküche das Geklirre des Geschirrs unseren eventuellen weiteren Schlaf störte, am Abend wieder nach Paris zurückzukehren. Wir bezahlten die Übernachtungskosten von 400 DM für eine Nacht – verrückt. Den Rest des Tages verbrachten wir noch am Strand und trafen nachts wieder in Paris ein. Ich entschloss mich, am anderen Morgen wieder nach Deutschland zurückzufahren. Alexandra und Frédéric geleiteten mich durch Paris zur Autobahn. Es war eine lange, langweilige Heimreise. Die Hunde konnten ja nicht reden, und ich musste des Öfteren anhalten und Kaffee trinken, um nicht am Steuer einzuschlafen.

Gegen 18 Uhr kam ich zu Hause an. Die Freude, meine Tochter Isabell und ihren Freund Klaus wieder zu sehen, war groß. Ich musste alles erzählen, der gedrehte Videofilm wurde unter viel Gelächter angeschaut. Isabell war wieder besser drauf, ihre Diplomarbeit hatte sie abgeliefert und es war nur noch die Hürde der schriftlichen und mündlichen Prüfungen zu nehmen. Froh gelaunt genossen wir unseren Rotwein und philosophierten über die eigenartigen Wege des Lebens. Ich genoss es, wieder daheim zu sein und noch vier Tage Urlaub vor mir zu haben.

Zwei Tage verliefen ereignislos. Am dritten Tag kam ein Anruf von ihm. Wir kriegten uns wieder in die Wolle und das Resultat war, dass wir uns gegenseitig frei gaben. Jeder sollte sein Leben so gestalten, wie er es für richtig befindet. Ich hatte mir den Ausgang unserer Krise anders vorgestellt. Ich machte mich bedrückt auf den Weg zum Fitnesstraining und gab noch eine Nachricht von meinem Handy auf sein Handy. Ich hinterließ, dass ich sehr traurig wäre, und mich diese ganze ausweglose Angelegenheit sehr mitnehmen würde. Ich wandelte dann meinen ganzen Frust und Kummer in körperliche Aktivität um. So kam ich wieder regeneriert in meinem Haus an. Der Anrufbeantworter meines Telefons zeigte neun Durchsagen. Alle von ihm. Angefangen damit, dass ich nun mit tausend Männern vögeln könne, die vielleicht besser wären als er, aber eines würde ich nie mehr finden, nämlich unsere Seelenverwandtschaft. Bei der letzten Mitteilung meinte er dann, dass er sich nicht mehr aufregen werde und er wünsche mir für mein ferneres Leben alles Gute.

Am Freitag rief er wieder an und lud mich zum Essen ein. Er wolle nochmals mit mir über alles reden. So sind wir dann abends nach Meersburg gefahren und haben geredet, geredet und geredet. Er fuhr mich nach Hause und ist dann zu sich in seine Wohnung gefahren. Am frühen Morgen rief ich ihn an und lud ihn zum Frühstück ein, er kam. Nach dem Frühstück kam, was kommen musste, wir haben uns geliebt als ob es das erste und das letzte Mal gleichzeitig wäre. Dann ging er wieder. Ich habe gewartet, dass er am Abend kommen würde, aber er kam nicht. Am Sonntagmorgen rief ich ihn wieder an und sagte ihm, dass ich solche Sehnsucht nach ihm hätte und dass er sich doch endlich für unseren gemeinsamen Lebensweg entscheiden solle. Ich lud ihn wieder zum Frühstück ein und er kam. Wir frühstückten und gingen anschließend wieder zusammen ins Bett. Vor lauter Erschöpfung schliefen wir danach ein. Um 14 meinte er, dass er jetzt zu seinem Sohn müsse. Ich bemerkte, dass wir jetzt aufpassen müssen, dass alles nicht noch chaotischer wird, als es schon war. Er schaute mich an und meinte, dass ich ihm ein schlechtes Gewissen einreden würde. So haben wir uns wieder getrennt.

Ich sitze mal wieder auf dem Balkon und schreibe alles nieder. Wieder weiß ich nicht, woran ich bin. Aber ich weiß, egal wie es ausgeht, es war einfach noch mal sehr schön. Aber ich werde nicht zulassen, dass es so weitergeht, ohne dass er eine Entscheidung trifft. Ich bin bereit, auch nach der von mir gezeigten Schwäche, für mein Ziel, nämlich den Weg der Klarheit, zu kämpfen. Ich werde nicht nachgeben. Es wird auch keine Ausrutscher mehr geben. Entweder er weiß jetzt, was er will, oder ich gehe meinen Weg alleine. Für meinen Hormonspiegel war es mit Sicherheit gut und da habe ich es lieber mit ihm gemacht, als dass ich mir aus Trotz – wie schon in meiner Ehezeit praktiziert – einen fremden Lover genommen hätte. Man lernt dazu. Sollte es diesmal unser letzter Liebesakt gewesen sein, so habe ich daran eine wunderschöne Erinnerung, im Gegensatz zu meinem letzten Liebesakt mit meinem Ex-Ehemann.

Der Psychoterror geht weiter: Er kommt unangemeldet unter der Woche her. Fährt an meinem Haus vorbei. Kontrolliert er mich?

Am Wochenende kam Alexandra aus Paris zu Besuch. Er rief an und fragte, ob er Alexandra sehen könne. Ich sage, dass er mich doch nicht fragen müsse, sie hätte doch in meinem Haus ihre eigene Wohnung und da könne er sie besuchen, wann immer er wolle. Ich teilte Alexandra mit, dass Matthias sie besuchen werde. Ich begab mich ins Bad, denn ich hatte ja vernommen, dass er Alexandra und nicht mich besuchen wolle. Dort sah ich, wie er vorfuhr. Nach einiger Zeit kratzten die beiden Hunde an meiner Wohnungstüre, ich öffnete diese, die beiden stürmten herein und an der Türe lag eine CD »Can't take my hands off you«. Ich musste schmunzeln, nahm die CD und schloss die Türe wieder. Dann ging ich ins Bad, beendete meine Toilette und zog meinen Body an. Durch die Turnerei, die meinem Körper wieder vollendete Formen gab, und die Sonne, die mich in Deauville bräunte, sah ich sehr sexy aus. Ich sah, wie er gerade das Haus verließ und zog den Badezimmervorhang zur Seite. Zum schräg gestellten Badezimmerfenster hinaus sagte ich: »Danke für die CD!« Ein Strahlelächeln glitt über sein Gesicht und er kam ans Badfenster, streckte seine Finger durchs schräg gestellte Fenster und drückte seine Lippen daran. Wir schauten uns lange in die Augen. Diese blauen Augen wurden dunkler, sie waren nicht mehr hellblau, sondern azurblau. Ich konnte nichts sagen und dann ging er weg und fuhr mit seinem Auto davon. Ich war total bedeppert.

Abends spreche ich ihm auf seine Mailbox – die CD läuft im Hintergrund: »So liebe ich es, wenn du nicht so aggressiv bist and I want to make love to you too!«

Am Montagabend um 22 Uhr klingelt das Telefon. Ich melde mich und er fragt: »Wie geht's?« Ich sage, ich liebe einen Mann und komme nicht los von ihm. Er sagt, er liebe eine Frau und komme nicht los von ihr. Liebe, Liebe, es funkt. Er sagt, seine Seele, sein Geist und sein Körper lieben mich. Ich liebe ihn, die Verbindung ist wieder hergestellt. Glücklich lege ich mich ins Bett und träume von ihm.

Er kommt und wir lieben uns wieder, wunderschön, ich bin glücklich und denke, jetzt wird alles gut, er merkt, dass ich ihn liebe. Er merkt es und verschließt sich sofort. Er sagt, er hätte sich jetzt an das Alleinleben gewöhnt und möchte nicht mehr so abhängig von mir werden. Er fängt an mit Vorwürfen, warum ich ihn rausgeworfen hätte, es wäre doch alles so schön gewesen. Warum ich jetzt auf einmal auf Scheidung drängen würde. Er wäre soweit, dass er sich erschießen müsse, wenn ich ihn weiterhin unter Druck setzen würde. Trotz all meiner Liebe konnte ich dieses destruktive Geschwätz nicht weiter anhören. Ich sah ein, dass er zu schwach und zu willenlos ist, für sein Glück zu kämpfen. Ich möchte mein Leben nicht mehr mit einem Menschen verbringen, der nicht Klarheit schaffen kann und der mich vernachlässigt. Wenn ich es nicht wert bin, dass man mir den Weg für eine offene und aussichtsreiche Zukunft öffnet, muss ich meinen Weg alleine gehen. Ich sagte ihm, dass ich ihn nicht unter Druck setzen will und ihn auch nicht so weit bringen möchte, dass er sich erschießt und deshalb würde ich nur noch eine Möglichkeit sehen, nämlich ihn in seiner von ihm gewählten Form leben zu lassen und mich von ihm zu entfernen. Irgendwie hatte ich den Eindruck, dass es ihn erleichterte. Wir trennten uns.

Mir wird schlagartig bewusst, dass ich keine Ahnung von der Psyche des Mannes habe und auch deshalb vielleicht mein ganzes Leben lang die Männer falsch verstanden habe. Auf alle Fälle ist es so, dass ich unfähig bin mich unterzuordnen. So ist es für alle das Beste, jeder geht seinen Weg in der von ihm gewählten Form. Sollte ich in meinem Leben nochmals einen Mann in Betracht ziehen, werde ich nie mehr diese Illusion haben, dass Liebe Berge versetzen kann.

Ich habe viel gegeben, zu viel. Nun will ich nicht mehr geben und auch nicht mehr fordern, deshalb werde ich jetzt alleine leben. Es gibt kein Umfallen mehr. Ich habe alles versucht und nichts erreicht. Ich wollte ihn zu seinem Glück überreden. Das geht nicht. Jeder Mensch ist seines Glückes Schmied. Ich habe sehr viel gelernt. Man spürt instinktiv bei jeder Begegnung, ob dieser Mensch der Richtige ist. Würde man mehr auf seine innere Stimme hören, würde man sich viele Irrwege ersparen. Man würde auf viele Beziehungen und Leidenschaften gar nicht eingehen.

Mit diesem Resümee werde ich nun meinen zukünftigen Lebensweg beschreiten. Es ist aus mit dem Glauben, es wird schon werden. Nichts ist, was nicht ist.

Isabell hat ihr Studium inzwischen erfolgreich abgeschlossen. Sie ist Diplom-Betriebswirtin und macht sich in unserem Haus selbstständig mit einem Software-Service. Nebenher ist sie noch Dozentin an der Berufsakademie.

Ich habe mich entschlossen, mich nicht mehr zur Seite schieben zu lassen und nur auf Kommando, wenn man mich braucht, dazusein. Ich habe meine Wünsche an das Leben und die möchte ich ebenso respektiert haben, wie ich dies bei anderen auch tue.

Ich habe mich zu einem Fernstudium in Kosmetik angemeldet. Nach Abschluss dieses Studiums werde ich mich entscheiden, wie mein weiterer Lebensweg aussehen soll.

Ich will raus aus der Tretmühle, dieses Mal aber ohne in eine andere unbefriedigende Tretmühle gepresst zu werden. Ich will die nächste Tretmühle für mich selber aussuchen. Sie muss meinen Wünschen angepasst werden, nicht ich will mich ihr mehr anpassen. Das Chaos darf nicht mehr von mir Besitz ergreifen, ich selber muss der Meister meines Lebens werden.

Kapitel V

Mein Fernstudium begann im November 1996. Voller Elan studiere ich Dermatologie, Biologie, Chemie, Physik, Berufskunde, Wirtschaftskunde, kosmetische Apparate und kosmetische Präparate. Nach Ende meines Arbeitstages gehe ich mit Ritze und Ratze spazieren, versorge diese mit Fressen, dusche mich und ab geht's ins Bett. Dort breite ich sämtliche Unterlagen aus und lerne alles, was man im kosmetischen Bereich wissen muss. Mein Horizont wird erweitert und es macht Spaß, in die Geheimnisse der Kosmetik einzudringen. Ich fühle mich wieder frei und selbstbewusst. Die Doppelbelastung Beruf und Studium meistere ich bravourös. Mein Privatleben beinhaltet keinerlei Exzesse mehr. Keine Barbesuche, keine Liebesspiele, keine Flirts sind angesagt. Meine volle Konzentration liegt in der Absicht, diesen Abschluss zu erreichen um mich dann endgültig auch beruflich frei machen zu können.

Ab und zu kommt das Gefühl in mir auf, mich im Kreis zu drehen und ich frage mich dann, ob dieser Weg, den ich wählte, wohl der richtige war. Da mir kein besserer Ausweg einfällt und ich inzwischen weiß, dass ich nur mich selbst aus dem Chaos meines Lebens befreien kann, mache ich weiter. Ich fange an, genügsam zu werden und mich mit mir selber gut zu fühlen.

Die monatlich abzuliefernden Prüfungsarbeiten reiche ich termingerecht ein und erhalte erstaunlicherweise recht gute Benotungen. Chemie ist meine Schwachstelle. Bei ausweglosen Aufgaben hole ich mir den Rat von Alexandra in Paris per Telefonanruf ein. Unklarheiten in Betriebswirtschaft lasse ich mir durch Isabell erläutern. Es ergeben sich für uns mit einem Mal neue Gesprächsthemen. Männer sind zur Nebensache geworden. Alle drei arbeiten wir unermüdlich an unserer Karriere. Der erste Erfolg stellt sich bei Alexandra ein, sie wird zur Produkt-Managerin befördert. Isabell, angespornt von dem Erfolg ihrer Schwester, zieht große Aufträge an Land.

Dieser Erfolg, den Isabell für sich verbuchen kann, lässt ihren Freund Klaus nörglerisch werden. Er moniert, dass sie sich nur noch um ihr Geschäft kümmern würde und ihn persönlich dadurch vernachlässige.

Diese Streitereien kommen mir bekannt vor. Ich erinnere mich daran, dass ich mich von Matthias vernachlässigt fühlte, je weiter er die Karriereleiter erklomm. Sollte es so sein, dass ich ihn mit meinen Forderungen in die Ecke getrieben hatte? Viele nutzlose Streitereien zwischen uns erlebe ich in meinen Gedanken nochmals. Ich bin froh, selbst nicht mehr an einem solchen Machtkampf beteiligt zu sein. Ich erlebe Partnerprobleme jetzt als Zuschauerin, ohne involviert und persönlich emotionell beteiligt zu sein. Ich erkenne, dass es in meiner Beziehung mit Matthias so nicht hätte weitergehen können und bin stolz, diese Entscheidung herausgefordert und auf seiner Scheidung bestanden zu haben.

Dies macht mich stark, und ich nehme mir vor, mich wieder ganz für mich alleine zur Königin emporzuarbeiten. Meinen Stolz, den ich vor meiner Heirat hatte, möchte ich wieder finden und selbstbewusst meinen Lebensweg gehen. Und das Wichtigste: Keiner soll mir diesen mehr vorschreiben.

Monat um Monat verrinnt. Die letzten Prüfungsbogen habe ich abgegeben und erwarte gespannt das Resultat. Das Finale bahnt sich an, ich werde zum einwöchigen Praktikum mit anschließender Abschlussprüfung zugelassen.

Ich könnte jubeln vor Freude. Neun lange, anstrengende Monate sind vergangen seit Beginn des Studiums, und nun steht der Abschluss bevor. Unglaublich! Der anfänglichen Euphorie macht nun die Prüfungsangst Platz, meine Nerven beginnen zu flattern!

Meine Kinder machen mir Mut, indem sie mir sagen: »Mama, du hast schon so viel geschafft, und dieses bisschen wirst du auch noch schaffen!«

Mit dieser moralischen Unterstützung in mein Gehirn eingebrannt, fahre ich am 1. August 1997 morgens um 6 Uhr an den ca. achtzig Kilometer entfernt gelegenen Ort, um meine Prüfung abzulegen. Dort sind bereits zehn weitere Frauen versammelt, die alle ebenso aufgeregt sind wie ich. Das beruhigt mich und ich lasse sie alle erzählen und höre zu. Meine Aufregung legt sich, indem ich sehe, dass es allen anderen ebenfalls an den Nerven zehrt. Die Praxis beginnt.

Unsere Lehrerin ist dunkelhäutig und ich setze mein Vertrauen in sie. Nach einigen Stunden bemerke ich, dass sie uns in keiner Weise wohlgesonnen ist.

Scharf bemerkt sie: »Sie sind hier nicht zum Spaß, Sie müssen sich sehr anstrengen, um Ihr Diplom zu erhalten!« Wahlweise pickt sie einige der Schülerinnen heraus, um an ihnen herumzunörgeln. Angstvoll blicken diese in der Runde herum und ich versuche, die Frauen zu verteidigen. Dass dies falsch war, wird mir in dem Moment klar, als sie ihr ganzes Augenmerk nun auf mich richtet und anfängt, an mir herumzukritisieren: »Ihre Hände zittern ja! Wie wollen Sie so jemals massieren können!« So fährt sie mich unwirsch an.

Mir steigen die Tränen in die Augen und ich versuche mich zu rechtfertigen, warum ich die Massagegriffe nicht sofort intus hatte. Das treibt sie fast zur Hysterie und sie schreit mich lauthals an: »Sie behindern den Unterricht, Sie sind schuld, dass wir nicht vorwärts kommen!« Hilfe suchend blicke ich in die Runde, aber keine der vorher von mir verteidigten Frauen stellt sich auf meine Seite. Alle tun beschäftigt und halten sich raus. Die Lehrerin steigert sich immer mehr in ihren Wahn hinein und wird laut, so laut, dass der Leiter des Instituts den Raum betritt. Er schaut ziemlich konsterniert um sich und fragt: »Was ist denn hier los?« Blitzschnell geht mir durch den Kopf, dass ich jetzt nur zwei Möglichkeiten habe. Entweder zu schweigen und still vor mich hin zu weinen oder den Weg nach vorne zu wählen. Ich entscheide mich für die letzte Möglichkeit. Die ganze Unsicherheit und Verzweiflung fällt ab von mir, ich werde ganz ruhig und gelassen. Cool bemerke ich: »Soeben wurde ich von Ihrer Lehrerin darauf hingewiesen, dass ich durch Unkenntnis den Unterrichtsablauf verzögern würde! Das befremdet mich, da ich doch hierher gekommen bin, um Kenntnisse zu erlernen! Wäre mir der Ablauf des Massagerituals bekannt, müsste ich nicht hier am Unterricht teilnehmen, um die Prüfung ablegen zu können. Im Übrigen bezahle ich ja auch dafür, dieses Wissen zu erlangen!« Der Schulleiter ist peinlich berührt und fordert seine Lehrerin auf, in Zukunft nicht mehr so schnell die Nerven zu verlieren. Er bittet sie, ab sofort für einen harmonischen und konstruktiven Unterrichtsablauf zu sorgen. Unserer Lehrerin laufen vor Zorn die Tränen über ihre Wangen. Ihre Augen funkeln mich zornerfüllt an. Ich erwidere unerschrocken ihren Blick.

Von diesem Moment an herrschen Ruhe und Disziplin, so dass wir ohne Angst lernen können.

Voll konzentriert arbeite ich mich durch die Woche, wohl wissend, dass eine Unachtsamkeit meinerseits diese Viper hochfahren und zuschlagen lässt. Am Freitagnachmittag wird dann die Prüfung von einer fünfköpfigen Kommission abgenommen, und ... ich habe bestanden! Freudestrahlend und stolz wie ein Spanier fahre ich mit meinem Diplom nach Hause. Vom Auto aus rufe ich per Handy Isabell an und teile ihr mit, dass ihre »alte« Mutter sich nun Kosmetikerin nennen darf.

Zu Hause erwartet mich Isabell grinsend über beide Ohren. Sie ist sehr stolz auf ihre Mama. Zur Diplomfeier gehen Isabell, Klaus und ich abends ganz groß zum Italiener. Nach den Lobeshymnen auf mich und ein paar Gläschen Prosecco überlasse ich die Diskussion Isabell und Klaus. Ich überdenke meine Situation – mit folgendem

Resümee: Ich habe geschafft, was ich wollte, nämlich Kosmetikerin zu werden. Aber inzwischen kriechen Schauer der Angst über meinen Rücken bei dem Gedanken an diese vergangene Woche. Der Traum vom eigenen Beauty-Salon ist ausgeträumt. Ich erkenne ganz klar, dass ich dort ebenfalls von den Launen anderer Frauen abhängig sein würde. Und ich will keine Abhängigkeit mehr!

Trotz meines Entschlusses, keinen Salon zu eröffnen, melde ich mich und Alexandra, die unbedingt dabei sein will, zur Kosmetikmesse in München an. Ich möchte schnuppern, was es Neues gibt.

Alexandra fliegt von Paris nach München und ich hole sie mit dem Auto vom Flughafen »Franz-Josef-Strauß« ab. Für drei Tage checken wir im Holiday Inn in München-Schwabing ein. Tagsüber treiben wir uns auf dem Messegelände herum, klappern jeden einzelnen Stand ab. Ich erfahre alles Neue über die Feinheiten des Kampfes gegen das Altern, über Schönheitspflege, Make-up, Piercing usw. Das ist genau das, was ich wollte, an diesem Wissen fachlich teilnehmen zu können. Nach dem Messebesuch gehen wir ins Hotel zurück, pflegen uns und machen uns schön für das Münchner Nachtleben. Unser erster Besuch gilt dem Café »Extrablatt«. Wir wollten eigentlich nur einen Drink zu uns nehmen und weiterziehen. Aber die Atmosphäre ist derart entspannend, dass wir einen Erdbeercocktail nach dem anderen konsumieren. Leicht angeschickert verlassen wir das Lokal und sind auf der Suche nach einer Diskothek. Neben unserem Hotel befindet sich eine, die uns empfohlen wurde. Diese steuern wir jetzt an und wollen noch ein bisschen »Let's fetz« erleben. Wir klingeln, es tut sich nichts. Wir klingeln nochmals und bemerken, dass per kleinem Fenster in der Eingangstüre Gesichtskontrolle durchgeführt wird. Die Tür geht auf und wir bekommen zu hören: »Alles besetzt!« Wir sind also bei der Gesichtskontrolle durchgefallen. Vor uns hinmurrend überlegen wir, ob wir per Taxi noch eine andere Disko ansteuern sollen, entscheiden uns aber dann, ins Bett zu gehen um am anderen Tag wieder fit für den Messebesuch zu sein. Wie sich am nächsten Tag herausstellt, handelt es sich bei der Disko neben dem Hotel um eine Techno-Disco, und mit unserem Kosmetikerinnen-Outfit wurden wir den Anforderungen nicht gerecht.

Der Tag beginnt mit gutem Frühstück, einigen Runden im Pool und ab zur Messe. Nach erfolgreichem Besuch und vielen Firmen-Connections fahren wir ins Hotel zurück. Ohne große Aufmachung ziehen wir abends wieder los und entscheiden uns diesmal gleich für den Löwenbräukeller. Dort fühlen wir uns wohl. Ich trinke Bier und Alexandra Schorle. Wir kommen ins Diskutieren über das Leben nach dem Tode. Hier unterscheiden sich unsere Meinungen und wir werden immer lauter. Ungestört und unbemerkt können wir einander lauthals unsere Meinungen kundtun. Keiner kümmert sich drum, da die anderen genauso laut schreien. Mit leichten Nachwirkungen unseres »bayrischen Abends« bringe ich am anderen Tag Alexandra zum Flughafen und fahre wieder zurück nach Hause. Jedes Mal, wenn ich mich von meiner Tochter trennen muss, bin ich froh, noch eine Tochter zu Hause zu haben. Ich bin dem Schicksal dankbar, Mutter zweier solch toller Töchter sein zu dürfen.

Der Alltag tritt wieder ein. Das tägliche Arbeitsritual ist angesagt. Es ist ruhig für mich, da das Lernen wegfällt und sonstige Ablenkungen momentan nicht anstehen und auch nicht erwünscht sind. Ich bin zufrieden mit mir selber. Für das Wochenende brauche ich mich auch nicht groß mit Lebensmitteln einzudecken, da ich ja nur für meine Hunde und mich zu sorgen habe.

So verlasse ich eines Freitagnachmittags ohne Hektik das Haus, um mit Ritze und Ratze spazieren zu gehen. Ein schwarzer Mercedes 500 SL hält neben mir. Ich denke, da will sich jemand nach dem Weg erkundigen. Das Fenster wird per Knopfdruck heruntergelassen und ein dunkelhaariger Mann neigt sich über den Beifahrersitz und fragt mich: »Brauchst du einen Teppich?« Spontan erwidere ich: »Nein!« Er lässt sich dadurch nicht abhalten, sondern steigt aus seinem Auto aus und geht nach hinten zum Kofferraum, öffnet diesen und gibt den Blick frei auf wunderschöne Teppiche. Ich kriege große Augen und denke sofort daran, dass ich ja eigentlich für mein offenes Wohnzimmer noch einen exklusiven Teppich in meiner Wunschliste offen habe. Er nimmt den obersten Teppich heraus und breitet diesen auf der Straße aus. Die Situation erscheint mir derart lächerlich, dass ich lachen muss. Dies sieht der fliegende Händler als Aufforderung und nennt mir seinen Preis. »4.500 Mark, sehr billig!« Wieder muss ich lachen. Zum einen, weil ich niemals so viel Geld für einen Teppich ausgeben würde und zum anderen, dass er mich für so bescheuert hält, dass ich auf die Tricks von solchen Händlern reinfallen würde. Ich sage zu ihm: »Das ist mir zu viel, ich habe nur noch 500 DM und nicht mehr!« Er kriegt ein schmerzverzerrtes Gesicht und bietet an: »2.500 DM und du kannst ihn haben!« Ich verneine und fordere ihn auf, seinen Teppich wieder im Auto zu verstauen. Er lässt nicht nach, und ich auch nicht. Als ich mich abwende und weitergehen will, sagt er zu mir: »Okay, für 500 Mark und ein Schmuckstück von dir kannst du ihn haben!« Ich überlege, ja ich möchte diesen Teppich haben, da er in wunderschönen Pastellfarben gehalten ist. Ich renne ins Haus zurück und hole das Geld und ein altes Goldarmband, welches ich von meinem Ex-mann zur Heirat erhalten hatte. Das ist das letzte von ihm übrig gebliebene Geschenk und ich denke mir, dies ist die Gelegenheit, auch dieses noch loszuwerden. Ich überreiche ihm das Geld und das Armband. Er überreicht mir den Teppich und gibt mir noch eine Brücke dazu. Überrascht und freudestrahlend nehme ich beide Teppiche und trage diese stolz ins Haus. Als ich wieder aus dem Haus trete, steht sein Auto immer noch davor. Er lässt wieder das Seitenfenster herunter und ich trete an die Fahrertüre. Von unten schaut er mich an und fragt: »Willst du mit mir in ein Hotel gehen, dort werden wir Champagner trinken, ich möchte dich einladen!« Da für mich Champagner keinerlei Verlockung bedeutet, da ich diesen in Paris schon zur Genüge konsumiert hatte, und auch ein Aufenthalt mit ihm in einem Hotelzimmer nicht gerade das ist, was ich mir von meiner neu gewonnenen Freiheit vorstelle, lehne ich dankend ab mit den Worten, dass ich einen Mann zu Hause hätte. Er bemerkt, dass er auch eine Frau zu Hause hätte, aber das würde doch nichts machen. Ich werde energisch und sage, dass dies nicht gehen würde. Er blickt mich traurig an und bemerkt: »Wir Perser können aber gut Brüste küssen!« Ich sage ihm: »Jetzt ist es aber genug!« Er sieht mich mit seinen schwarzen Augen betrübt an und sagt: »Das ist sehr schade, dass du nicht mitgehst, ich bewundere dich, weil du so hart bist!« Dann fährt er weg und ich eile wieder zurück ins Haus und lege den Teppich und die Brücke aus. Beide Stücke passen perfekt zu meiner Einrichtung. Dieses Erlebnis hinterlässt das ganze Wochenende Heiterkeit in mir.

Die Zeit eilt dahin, Weihnachtsvorbereitungen werden getroffen. Alexandra und Frédéric wollen Weihnachten mit uns feiern. So beschließen wir, Heiligabend und die Weihnachtsfeiertage in unserem Haus zu verbringen und das neue Jahr in Paris anzufeiern.

An Heiligabend bereite ich die obligatorische Weihnachtsgans. Es ist wieder einmal ein Weihnachtsfest, welches ich ohne Matthias an meiner Seite verbringe. Nach der Bescherung schmausen wir die Gans und anschließend werden Spiele gespielt, die per Video festgehalten werden. Alles verläuft friedlich und harmonisch. Leichte Melancholie packt mich. Ich denke an Matthias und sehne mich nach ihm. Spät in der Nacht, als alles schon schläft, muss ich mich zum ersten Mal seit unserer Trennung bremsen, um ihn nicht anzurufen.

Mir fallen alle schönen Situationen unserer Beziehung, unserer Leidenschaft und unserer Verrücktheiten ein. Ich frage mich, ob der Preis, den ich forderte, nicht doch zu hoch gewesen war. Schlaflos wälze ich mich von einer Seite auf die andere. Wahnvorstellungen, wie er jetzt vielleicht mit einer neuen Partnerin sein Leben genießt, quälen mich. Ich sehe seinen Körper vor mir und rieche seinen Geruch. Der Drang, ihn anzurufen und seine Stimme zu hören wird immer stärker in mir. Was ist los mit mir? Ich dachte, ich hätte die Situation überwunden und nun überrollt mich die Welle der Sehnsucht mit solcher Gewalt, dass ich es fast nicht mehr aushalten kann. Gerade weil ich weiß, dass ich meinem jetzigen Gefühl nicht nachgeben darf, wird es immer stärker. Ich stehe auf und nehme eine Schlaftablette. Diese lässt mich einschlafen und am anderen Morgen herrscht der gewohnte Trubel und ich bekomme die Situation wieder in den Griff.

Früher als es geplant war, dränge ich zum Aufbruch nach Paris. Zwar leicht verwundert über meinen plötzlichen Sinneswandel stimmen aber alle zu, und Alexandra und ich packen unsere Koffer und wir verlassen unser Haus in Richtung Paris.

Isabell und Klaus wollen in Deutschland bleiben. Sie wollen Silvester alleine verbringen und ihre Beziehung neu überdenken.

Von dem Kampf in meinem Inneren erzähle ich niemandem etwas.

In Paris bitte ich Frédéric, mir noch vor Silvester einen Termin bei meinem Lieblingsfriseur auszumachen. Ausdrücklich weise ich ihn darauf hin, dass ich vom Chef selber bedient werden möchte, da ich der Meinung war, dass der junge Mann, der mich immer frisierte und von dessen Frisierkunst ich voll begeistert war, der Chef des Salons wäre. Frédéric ruft an und telefoniert längere Zeit. Da mein Französisch nicht so gut ist, dass ich dem Gespräch zweier Franzosen untereinander folgen kann, kriege ich nicht mit, was Frédéric bespricht. Er berichtet mir aber anschließend, dass er wunschgemäß verlangt hätte, dass ich dieses Mal wieder vom Chef selber frisiert werden möchte, worauf die Dame am Telefon erwähnte, dass ihr Chef so viel Geld hätte, dass er nicht mehr selber frisieren müsse. Wie sich herausstellte, war der Salon Teil der großen Friseursalonkette Frank Provost. Die Vorstellung, dieser Chef würde selber in diesem Salon stehen und frisieren, war der totale Lacherfolg bei den Angestellten des Salons.

Als ich dann den Salon betrete, sehen mich alle lachend an und ich schwöre mir insgeheim, wieder auf den Boden der Realität zurückzukehren und nie mehr wieder den Chef irgendeines Salons selber zu verlangen.

Frédéric hat mit seiner Band zu Silvester ein Engagement auf dem Eiffelturm. Wir überlegen uns, ob wir dort den Jahreswechsel feiern sollen. Aber wir beschließen, diesen direkt auf den Champs-Élysées selber zu verbringen. Von einem Lokal ins andere zu ziehen scheint uns sehr verlockend. Die Hunde lassen wir in der Wohnung in der Rue Stephenson und ziehen voll aufgemotzt los. Wir finden ein tolles Restaurant, in dem wir genüsslich ein Sechs-Gänge-Menü verspeisen. Rechtzeitig zum Jahreswechsel sind wir mit dem Essen fertig und stoßen mit Champagner auf das neue Jahr an. Papierkugeln fliegen an unseren Ohren vorbei und Luftschlangen umhüllen uns, wir sind in bester Laune und verlassen das Lokal, um direkt in unsere beliebte Discotheque zu gehen. Tausende von Menschen überfüllen die Champs-Élysées. Es herrscht ausgelassene Stimmung. Alle wünschen sich untereinander »Bonne année«. Von vielen unbekannten Menschen werde ich in den Arm genommen und erhalte Küsschen rechts und links auf die Wange. Ich fühle mich total ausgelassen und fröhlich. Vor der Diskothek drängt sich eine Schlange von Menschen, und wir stellen uns hinten an. Ausgelassen wie wir sind, umarmen und küssen Alexandra und ich uns. Ein Typ macht mich an. Ich wende mich kommentarlos ab, da ich keine Bekanntschaft suche. Der Typ kann das nicht verstehen und sagt zu seinem Freund, der ebenfalls in Warteposition steht, auf Französisch: »Lass die Frauen, das sind Lesben!« Alexandra dreht sich ruckartig um und schreit ihn an: »Monsieur, benehmen Sie sich, dies ist meine Mutter!« Verdutzt schauen sich die beiden Typen an und ziehen Leine. Ich kriege einen Lachkrampf, weil ich mir bildlich vorstelle, wie interessant es für Alexandra sein müsste mich zur lesbischen Freundin zu haben. Dementsprechend senkt sich ihre Laune auch sofort auf den Nullpunkt, und wir beschließen weiterzuziehen. Das Leben sprudelt, die Champagnerflaschen liegen leer getrunken auf dem Boden und mein Handy klingelt.

Aufgeregt fummle ich in meiner Tasche und suche es. Mir fährt durch den Kopf: Wer ruft mich direkt hier auf den Champs-Élysées am 1. Januar 1998 um 3 Uhr nachts an? Endlich finde ich das Handy und drücke den grünen Knopf. »Hallo?«, frage ich. Sekundenlang tut sich nichts, dann höre ich Matthias. Er fragt: »Willst du mich heiraten?« Schauer jagen durch meinen Körper. Ich höre von dem ganzen Umtrieb um mich herum nichts mehr. Ich höre nur noch seine Stimme, die ich über alles liebe. Ich kann nur noch »Hallo, wie geht's dir?« sagen, mehr bringe ich nicht raus. Er fragt: »Wo bist du?« Ich sage, dass ich auf den Champs-Élysées bin. Er meint: »Schade, ich wäre jetzt auch gerne bei dir und in Paris!« Ich sage: »Dann fahr doch jetzt los und komm her!« Er fragt mich: »Willst du das wirklich?« Ich rufe ganz laut: »Ja, ja ich will es, ich liebe

dich!« Er sagt: »Ich liebe dich und habe solche Sehnsucht nach dir!«
Ich sage: »Dann komm her und frage mich hier in Paris bitte nochmals dasselbe wir vorher!« Er sagt: »Lass dich überraschen!« Ich
will noch etwas sagen, aber er hat die Verbindung unterbrochen.
Völlig aufgelöst, nehme ich wieder den Trubel um mich herum
wahr. Alexandra strahlt mich an, sie hat alles mitgehört. Wie sie mir
sagt, war es sehr einfach mitzuhören, so laut hätte ich geschrien.

Plötzlich halte ich es in dem Gemenge nicht mehr aus, ich will
nach Hause und in Ruhe überlegen. Alexandra will noch auf Frédéric warten und so winke ich einem Taxi und lasse mich zur Wohnung von Alexandra fahren. Schwungvoll nehme ich die sechs
Stockwerke und werde dort von meinen Hunden überschwänglich
begrüßt. Ich öffne eine Flasche Champagner, stelle mich an das Fenster und stoße mit meinem Glas mit dem Himmel über Paris an.
Und dieser siebte Himmel tut sich für mich auf. Vergessen ist die
Zeit des Bangens und des Hoffens. Ein unendliches Glücksgefühl
durchströmt mich und nimmt Besitz von mir. Ich singe »I love Paris
in the winter ...« und tanze durch die Wohnung mit meinen Hunden.

Irgendwann falle ich todmüde und überglücklich ins Bett, lege einen Hund rechts und einen Hund links neben mich und entschwebe
dieser irdischen Welt direkt ins Paradies.

Ein Klingeln holt mich aus anderen Sphären wieder zurück.
Schlaftrunken höre ich Stimmen und darunter erkenne ich eine,
die ich seit gestern so lange Zeit nicht mehr gehört habe. Es ist die
Stimme von Matthias. Sekunden später steht er vor meinem Bett.
Wir schauen uns nur an und strahlen beide. Er legt sich zu mir ins
Bett und wir küssen und streicheln uns minutenlang. Unsere Kör-
per sind in gegenseitigem Einklang, Zärtlichkeit und Leidenschaft
wechseln sich ab. Wir vergessen die reale Welt und verschmelzen.
Ein Gefühl des Nachhausekommens überfällt mich und wir vergessen Zeit und Raum, nur wir beide und unsere Körper sind existent.
Wir liegen beide glücklich und entspannt nebeneinander ohne zu
reden. Unsere Hände sind ineinander verschlungen und wir wissen
beide, wir werden uns nie mehr loslassen. Wir spüren, dass dies der
Auftakt in eine neue, gemeinsame Zukunft ist.

Ein Klopfen an der Türe lässt uns wieder in die Wirklichkeit zurückkehren. Alexandra räuspert sich diskret und fragt, ob sie eintreten darf. Wie auf Kommando rufen wir beide im Gleichklang:
»Herein!« Sie öffnet langsam die Türe, sieht uns beide glücklich nebeneinander liegen und sagt: »Na, ihr Turteltauben, wie wäre es mit
einem Petit déjeuner wir alle zusammen?« Es ist genau das, was wir

beide jetzt auch brauchen können, ein herrliches Pariser Frühstück mit allem Drum und Dran.

Wir setzen uns an den gedeckten Frühstückstisch und Matthias fängt an zu erzählen. Seit unserer Trennung wäre ihm klar geworden, was in seinem Leben geändert werden müsse. Als Erstes hätte er die Scheidung eingereicht, die auch recht schnell durchgezogen werden konnte, da eine jahrelange Trennung zwischen ihm und seiner Frau nachzuweisen war. Der nächste Schritt von ihm war der berufliche Wechsel als Präsident zu einer amerikanischen Firma. Als Präsident hätte er nun einen Mercedes 500 S als Firmenwagen. Er bemerkte, dass ihn dies ziemlich viel Nerven gekostet hätte, und er wäre froh, dies alles alleine gemeistert zu haben ohne von irgend jemand beeinflusst worden zu sein. Nach langen, einsamen Nächten hätte er jetzt nur noch einen Wunsch, und dieser wäre: »Dodo, ich liebe dich, willst du mich heiraten und mit mir den gemeinsamen Lebensweg beschreiten?«

Mir laufen die Tränen über die Wangen vor Glück. Ich stehe auf, umarme ihn und sage: »Schatz, ich will immer mit dir zusammen sein, mein ganzes Leben lang. Ich liebe dich!«

Die anderen sind ebenfalls überwältigt von unserem Glück. Alexandra öffnet eine Flasche Champagner, um, wie sie sagt, der Rührseligkeit entgegenzuwirken. Alle nehmen wir unsere Gläser und das helle Klingeln der aneinanderstoßenden Gläser erfüllt den Raum. Das Glück ist eingekehrt.

Ein Klingeln an der Tür übertönt das der Gläser. Alexandra öffnet und herein kommt Isabell. Wir sehen ihr an, dass etwas nicht in Ordnung ist. Aber ohne nachzufragen, nehmen wir sie alle in den Arm und wünschen ihr ein »Gutes neues Jahr!«. Sie lässt ihren Tränen freien Lauf und bemerkt dann unter Tränen lachend zu Matthias: »Was tust denn du hier?« Alle fangen wir jetzt gemeinsam an loszuplappern, jeder will die Liebesstory in seiner Version erklären. Isabell unterbricht uns und sagt: »Jetzt ist mir alles klar. Vor unserem Haus in Deutschland steht ein nigelnagelneuer schwarzer Mercedes 180 C. Sollte dies etwa ein Geschenk von Matthias an Mama sein?« Leicht verschämt berichtet Matthias, dass er mich mit diesem Geschenk an Silvester von seiner Liebe hätte überzeugen wollen, aber ich wäre nicht zu Hause gewesen. So hätte er das Auto vor dem Haus stehen lassen, um mich nach meiner Rückkehr damit zu überraschen. Nach einigen Stunden in seiner Wohnung hätte er es aber nicht mehr ausgehalten und habe mich anrufen müssen. So wäre er jetzt aus Liebe und Sehnsucht ebenfalls nach Paris gefahren.

Isabell erzählt, dass sie sich nach unendlichen Diskussionen mit

Klaus, die nur Vorwürfe von seiner Seite hervorbrachten, dazu entschlossen hätte die Beziehung zu beenden, und nur einfach nach Paris zu uns wollte, um endlich wieder lustig und fröhlich einen neuen Jahresbeginn zu erleben. Dass sie eine solche Situation hier antreffen würde, hatte sie sich nicht vorgestellt. Leicht melancholisch greift sie zu dem ihr überreichten Glas Champagner und lässt ihr Glas mit unseren klingen mit dem Ausspruch: »Möge unser aller Leben ein solches Happy End finden wie bei Mama und Matthias!«

Ich stehe in einer Ecke und denke, ich bin im Film. Matthias soll mein Mann werden, ein Mercedes als Geschenk, Isabell und Alexandra vereint mit uns an diesem ersten Tag des neuen Jahres. Wie kann einem solch ein Glück widerfahren, an das man Tage zuvor nicht einmal in seinen kühnsten Träumen zu hoffen gewagt hätte? Ich glaube, dass dies nicht wahr sein kann, ich glaube, dass ich träume. Ich kneife mir in die Wange um eventuell aufzuwachen, aber alles bleibt so wie es ist. Die von mir am meisten geliebten Menschen und meine Hunde stehen alle um mich herum und jeder strahlt. Ich denke an meine Eltern, Großeltern und an den Herrn im Himmel, der zuließ, dass mein bisheriges Chaos sich in solche Harmonie auflöste. Ich bedanke mich im Stillen.

Irgend jemand macht die Stereoanlage an und aus weiter Ferne höre ich das Lied »... spiel mir eine alte Melodie, voll Gefühl und Harmonie ... man steckt sich Veilchen ans Kleid, die Röcke waren sehr weit, mein Gott war das eine Zeit ...!« Ich suche mit meinen Augen Matthias und wie auf Kommando sucht er mit seinen Augen mich. Tränen laufen mir über die Wangen. Ich schwebe wie in Trance auf ihn zu und wir tanzen eng umschlungen zu diesem Lied. Zwei Seelen fliegen sich zu und umarmen sich. Die Sehnsucht meiner Jugend ist gestillt. Zärtlich beenden wir mit einem langen Kuss diesen Tanz.

Keiner, nicht einmal Matthias, weiß von der Sehnsucht meiner Jugend, nach diesem Lied mit dem Mann meines Lebens in Paris zu tanzen. Ich behalte es für mich und lächle still vor mich hin.

Alexandra ist aufgekratzt. Sie nimmt ihr Glas, schlägt mit einem Löffel daran und bittet um Aufmerksamkeit. »Nachdem jeder von euch nun eine Überraschung geboten hat, werde auch ich für eine Neuigkeit sorgen. Seit heute bin ich Besitzerin eines Hauses in Mareuil sur Ourcq!

Niemandem habe ich es bisher erzählt, aber während der letzten Monate war ich im Geheimen auf der Suche nach einem Haus, das uns allen genügend Platz bietet, um unsere Familienzusammenkünfte nicht mehr in diesem begrenzten Rahmen stattfinden lassen zu müssen. Ich habe eines gefunden, und notariell wurde es auf den 1. Januar 1998 auf mich eingetragen, so dass wir heute Abend dort hinfahren können, um es zu besichtigen!«

Diese Bombe schlägt ein. Wir stellen alle unsere Gläser weg und beschließen, diese weitere Sensation sofort zu besichtigen. Isabell hat ihr schweres Herz inzwischen beruhigt. Matthias strahlt wie ein Maikäfer, dass er sich wieder im Kreise seiner Familie befindet. Frédéric versucht, den in Deutsch sich überschlagenden Wortwechsel so einigermaßen zu verstehen. Alexandra sucht die Türschlüssel für ihr neues Haus und ich, ich muss mich erst einmal hinsetzen, eine Zigarette rauchen und den Rest meines Champagnerglases leeren.